22/8/06

POUR TOI, NICOLAS

JAMES PATTERSON

POUR TOI, NICOLAS

traduit de l'américain par
Jean-Paul Mourlon

ARCHIPOCHE

Si vous souhaitez recevoir notre catalogue
et être tenu au courant de nos publications,
envoyez vos nom et adresse, en citant ce livre,
à Archipoche,
34, rue des Bourdonnais 75001 Paris.
Et, pour le Canada, à
Édipresse Inc., 945, avenue Beaumont,
Montréal, Québec, H3N 1W3.

ISBN 2-35287-006-2

À ceux qui ont aimé, tout perdu,
et aimé de nouveau

À Robin Schwarz, dont la précieuse assistance
et le grand cœur sont vivement appréciés

Merci pour leur aide à Mary, Fern, Barbara, Irene,
Maria, Darcy, Mary Ellen et Carole Anne

Et surtout, à Suzie, Jack et Jane

KATIE

Katie Wilkinson prenait un bain dans son appartement new-yorkais. Guenièvre, sa chatte persane, était perchée sur le lavabo. Merlin, son labrador noir, se tenait dans l'encadrement de la porte menant à la chambre à coucher. Tous deux la regardaient comme s'ils avaient peur pour elle.

Quand elle eut fini de lire, elle baissa la tête et, frémissant de tout son corps, posa le livre relié de cuir sur le tabouret à côté de la baignoire.

Puis elle se mit à sangloter ; ses mains tremblaient. Elle perdait le contrôle d'elle-même, ce qui ne lui arrivait pas souvent : c'était quelqu'un de fort et de solide. Katie chuchota des mots entendus autrefois dans l'église de son père, à Asheboro, Caroline du Nord :

— Ô Seigneur, où donc es-tu ?

Jamais elle n'aurait cru que ce texte puisse avoir sur elle un tel effet. Bien entendu, à lui seul, il n'aurait pas suffi à la placer dans un tel état de confusion.

Non. Il ne s'agissait pas seulement du journal de Suzanne.

Elle visualisa mentalement Suzanne et la vit dans son petit cottage de Beach Road, sur Martha's Vineyard.

Puis le petit Nicolas. Un an à peine, avec des yeux d'un bleu vif.

Et pour finir Matt.

Le père de Nicolas.

L'époux de Suzanne.

L'ex-amant de Katie.

Pourrait-elle jamais pardonner à Matt ? Elle n'en était pas sûre. Mais au moins comprenait-elle un peu mieux ce qui s'était passé. Le journal lui avait révélé ce qu'elle avait besoin de savoir, ainsi que de douloureux secrets qu'elle aurait préféré ignorer.

Katie s'enfonça davantage encore dans l'eau tiède du bain, et songea au jour où elle avait reçu le journal : le 19 juillet…

Ce qui la fit sangloter de nouveau.

∞

Le 19 au matin, elle s'était sentie attirée par l'Hudson, puis elle avait été tentée par une promenade en bateau autour de Manhattan. Matt et elle avaient un jour essayé, et cela leur avait tant plu qu'ils avaient recommencé plus d'une fois, s'y abandonnant comme à un rituel infantile.

Elle monta à bord pour la première excursion de la journée, se sentant à la fois triste et furieuse… Elle ne savait même plus ce qu'elle éprouvait.

À cette heure matinale, il n'y avait pas trop de touristes. Katie s'assit tout près du bastingage, sur le pont supérieur, et contempla New York depuis les eaux maussades qui entouraient la ville.

Quelques personnes la remarquèrent – surtout des hommes.

Katie attirait les regards. Elle était grande – près d'un mètre quatre-vingts –, avec de grands yeux bleus pleins de chaleur. Mais elle s'était toujours jugée empruntée et pensait que les gens la regardaient à tort. Ses amis, quant à eux, la trouvaient superbe, éblouissante. Chaque fois, elle répondait :

— Oui, bien sûr, si vous le dites.

Pourtant elle ne se voyait pas, ne se verrait jamais ainsi, mais comme quelqu'un de très ordinaire, une fille de ferme venue de Caroline du Nord…

Ses cheveux bruns étaient noués en une longue tresse depuis qu'elle avait huit ans. Autrefois cela faisait un peu classique mais, désormais, c'était l'incarnation même du cool new-yorkais. Sans doute avait-elle enfin fini par rattraper son époque. Son maquillage se réduisait à un peu de mascara, parfois du rouge à lèvres. Ce jour-là, elle ne portait ni l'un ni l'autre, et n'avait rien d'éblouissant.

Elle se souvint d'une réplique que Humphrey Bogart lançait à Katharine Hepburn dans *African Queen* :

— Tête bien droite, menton levé... l'image même de l'héroïne !

Elle se sentit un peu mieux.

Katie avait pleuré pendant des heures, ses yeux étaient gonflés. La veille, l'homme qu'elle aimait avait, brutalement et sans explications, mis un terme à leur relation. Elle n'avait rien vu venir et en était restée abasourdie. Il lui paraissait impossible que Matt ait pu la quitter.

Quel lâche ! Comment a-t-il pu ? M'a-t-il menti depuis le début, depuis des mois ? Bien sûr que oui ! Quel salaud !

Elle aurait voulu penser à lui, à ce qui les avait séparés, mais ne put songer qu'aux bons moments qu'ils avaient passés ensemble.

Elle dut bien reconnaître, à contrecœur, qu'elle avait toujours bavardé librement de tout avec lui – de la même manière qu'elle discutait avec ses amies. Celles-ci pouvaient se montrer féroces, avaient souvent eu bien des désillusions avec les hommes ; pourtant elles aimaient Matt. *Alors, que s'est-il passé entre nous ?* C'est ce qu'elle cherchait désespérément à comprendre.

Il était vraiment prévenant – ou du moins il l'avait été. L'anniversaire de Katie tombait en juin : chaque jour de ce mois, il lui avait envoyé une rose. Il semblait toujours se souvenir de l'avoir vue porter tel corsage, tel pull, telles chaussures. Il n'ignorait rien de ses humeurs – les bonnes, les mauvaises, et parfois les franchement pénibles.

Il aimait les mêmes choses qu'elle – c'est du moins ce qu'il disait. Les mêmes livres, les dîners suivis d'un verre dans un bar de Greenwich Village, ou chez Bobby, sur Hudson Street. Les films étrangers. Les vieilles photos en noir et blanc, les peintures qu'ils dénichaient au marché aux puces.

Tous deux adoraient les dimanches après-midi, qu'ils passaient dans l'appartement de Katie. Elle lisait le *New York Times* de la première à la dernière page, il révisait ses poèmes, qu'il étalait sur le lit, sur le sol de la chambre, parfois sur la paillasse de la cuisine.

Tracy Chapman, parfois Sarah Vaughan, en arrière-plan discret. Délicieux, en tous points parfait.

Grâce à lui, elle se sentait en paix avec elle-même, sûre de faire ce qui était bon et juste. Personne ne lui avait jamais donné ce sentiment. Elle était apaisée, pleine d'allégresse.

Quoi de mieux que d'être amoureuse de Matt?

Elle ne voyait pas.

Un soir, ils s'étaient arrêtés dans un petit bar où il y avait un juke-box. Ils avaient dansé, Matt lui avait fredonné *All Shook Up*, imitant Elvis Presley de manière très drôle, mais aussi étonnamment fidèle. Puis Al Green, encore mieux, ce qui l'avait laissée sans voix.

Elle aurait voulu être avec lui pour toujours. Un cliché un peu bête, mais authentique.

Quand il était à Martha's Vineyard, où il vivait et travaillait, ils pouvaient parler des heures durant, le soir au téléphone – ou s'envoyer des courriers électroniques. Ils appelaient cela leur « histoire d'amour longue distance ». Pour autant, il avait toujours dissuadé Katie de venir le voir sur l'île. Peut-être était-ce là un signe dont elle aurait dû se méfier?

Malgré tout, cela avait marché – pendant onze mois magnifiques qui semblaient se fondre en un seul instant. Katie s'attendait à ce qu'il lui demande de l'épouser : elle en était certaine, au point d'en avoir parlé à sa mère. Mais, bien entendu, elle s'était trompée du tout au tout. Elle se faisait l'effet d'être une idiote – et s'en voulait mortellement.

Comment avait-elle pu se leurrer à ce point sur son compte ? Comme sur tout le reste ? Cela ne lui ressemblait guère de négliger à ce point son instinct qui, en règle générale, ne la trompait pas.

Jusqu'à maintenant. Et, cette fois, c'était une sacrée bourde.

Katie se rendit brusquement compte qu'elle sanglotait, et que tout le monde autour d'elle la regardait.

— Je suis navrée, dit-elle, avec un mouvement pour leur demander de détourner les yeux.

Elle rougit, se sentant gênée :

— Tout va bien.

Mais ce n'était pas vrai.

Jamais Katie n'avait été aussi blessée. Rien ne pouvait s'y comparer. Elle avait perdu le seul homme qu'elle ait jamais aimé. Dieu, comme elle aimait Matt.

ଔ

Ce jour-là, elle ne put se résoudre à aller travailler. Jamais elle n'aurait pu affronter ses collègues de bureau, ni même les inconnus dans l'autobus. Sur le bateau, elle avait eu droit à suffisamment de regards curieux pour lui durer toute une vie.

Quand elle revint à son appartement, un paquet était posé contre la porte.

Elle crut que c'était un manuscrit envoyé par son éditeur, et maudit son métier à voix basse. Ne pouvaient-ils pas la laisser tranquille un seul jour ? Elle avait pourtant droit à un congé de temps à autre ! Elle travaillait si dur pour eux ! Ils savaient à quel point les livres la passionnaient, à quel point elle se donnait du mal !

Elle était directrice littéraire d'une prestigieuse maison d'édition new-yorkaise, spécialisée dans les romans littéraires et la poésie. Elle adorait son métier. C'était là qu'elle avait rencontré Matt : voilà un an, elle avait été enthousias-mée par son recueil de poèmes, qu'elle avait acheté à un petit agent littéraire de Boston.

Tous deux s'étaient parfaitement entendus dès le début. Quelques semaines leur avaient suffi pour tomber amoureux l'un de l'autre – du moins est-ce ce qu'elle avait cru de tout son cœur, de toute son âme, de tout son corps.

Comment avait-elle pu se tromper à ce point ? Que s'était-il donc passé ? Et pourquoi ?

Se penchant, elle reconnut l'écriture. C'était celle de Matt – aucun doute possible.

Elle faillit bien laisser tomber le paquet.

Mais elle se retint. Trop de contrôle de soi-même : c'était bien là son problème. Parmi beaucoup d'autres. Katie contempla le colis pendant un moment puis, respirant pro-fondément, déchira l'emballage.

À l'intérieur, cela ressemblait à un journal intime. Katie fronça les sourcils. Elle ne comprenait pas. Puis elle sentit son estomac se nouer. On lisait, sur la couverture, *Journal de Suzanne pour Nicolas* – d'une écriture qui n'était pas celle de Matt. Celle de Suzanne ?

La tête lui tourna ; elle pouvait à peine respirer. Ni d'ailleurs réfléchir. Matt s'était toujours montré très discret sur son passé. Tout au plus avait-elle appris que Suzanne était le nom de sa femme – un soir après qu'ils eurent bu deux bou-teilles de vin. Mais il n'avait pas voulu en parler.

Ce silence avait suscité leurs seules querelles. Katie avait tenu à en savoir plus, Matt ne s'en était montré que plus mysté-rieux. Ce qui ne lui ressemblait guère. Après un véritable affrontement, il lui avait dit n'être plus marié – il l'avait juré –, mais de toute évidence il ne comptait pas en révéler davantage.

Qui donc était Nicolas ? Et pourquoi Matt lui envoyait-il ce journal ? Pourquoi maintenant ? Elle se sentit perplexe, dépas-sée par les événements.

Elle ouvrit le journal d'une main tremblante. Une note de Matt y était fixée. Katie sentit les larmes lui monter aux yeux, et les essuya d'un revers de main furieux. Puis elle lut.

Chère Katie,

Ni les mots ni les actes ne pourraient te dire ce que je ressens maintenant. Je suis navré d'avoir laissé tout cela se produire entre nous. Tout est ma faute, bien entendu. Je suis le seul responsable. Tu es belle, merveilleuse, parfaite. Ce n'est pas toi. C'est moi.

Peut-être ce journal expliquera-t-il les choses mieux que je ne pourrais le faire. Si tu en as le courage, lis-le.

Il parle de ma femme, de mon fils, de moi.

Je dois pourtant te mettre en garde : certains passages pourront t'être pénibles.

Jamais je n'aurais cru pouvoir tomber amoureux de toi, mais c'est bien ce qui s'est passé.

Matt

Katie tourna la page.

LE JOURNAL

Cher Nicolas, mon petit prince,

Pendant des années Je me suis demandé si je pourrais jamais être mère.

Durant tout ce temps, je me disais qu'il serait merveilleux d'enregistrer une vidéo tous les ans, pour dire à mes enfants qui j'étais, ce à quoi je pensais, à quel point je les aimais, ce qui me préoccupait, les choses qui me passionnaient, qui me faisaient rire ou pleurer, ou réfléchir. Et bien entendu, tous mes secrets les plus personnels.

J'aurais chéri de telles bandes si mon père et ma mère en avaient enregistrées, pour me dire qui ils étaient, ce qu'ils pensaient du monde et de moi.

Mais je ne sais pas qui ils sont, ce qui est un peu triste… Non, vraiment triste, en fait.

Je ferai donc chaque année une cassette, pour toi, mais aussi autre chose.

Je vais tenir un journal, et je promets d'y écrire régulièrement.

J'en rédige la première page, et tu n'as encore que deux semaines. Mais je veux commencer en te disant certaines choses arrivées avant que tu sois né, je veux commencer *avant* le commencement, pour ainsi dire.

Tout cela est pour toi seul, Nicolas.

Tout ce qui est arrivé à Nicolas, Suzanne et Matt.

Commençons l'histoire à Boston, par un soir de printemps tiède et parfumé.

À l'époque, je travaillais au General Hospital du Massachusetts. J'étais médecin depuis huit ans. Il y avait des moments où j'étais absolument ravie de voir des patients aller mieux, ou simplement être avec ceux dont on savait qu'ils ne guériraient pas. Mais il y avait aussi la bureaucratie, l'insuffisance chronique de notre programme national de santé publique. Et mes propres faiblesses.

Je sortais tout juste d'une garde de vingt-quatre heures et j'étais morte de fatigue. J'étais sortie promener mon fidèle retriever, Gustavus, dit Gus.

Je dois sans doute te donner une petite idée de qui j'étais à l'époque. Je mesurais un mètre soixante-neuf, j'avais de longs cheveux blonds et, sans être vraiment jolie, j'étais agréable à regarder. La plupart du temps, je souriais à tout le monde, ou presque. Je n'étais pas trop prisonnière des apparences.

On était vendredi, en fin d'après-midi, et je me souviens que le temps était très beau, l'air très doux, clair comme du cristal. Le genre de journée qui donne goût à la vie.

Je le revois comme si cela venait tout juste de se produire.

Gus s'était lancé à la poursuite d'un pauvre canard qui avait commis l'erreur de quitter sa mare. Nous étions dans un jardin public, tout près de l'étang aux cygnes. J'y venais souvent, surtout si Michael, avec qui je vivais, travaillait, comme ce soir-là.

Gus s'était donc échappé, et j'ai couru après lui. C'était un chien toujours prêt à se lancer à la poursuite de n'importe quoi : balles, frisbees, emballages en papier, bulles de savon, reflets sur les vitres de mon appartement.

Soudain j'ai ressenti la douleur la plus violente de ma vie. *Mais qu'est-ce que c'est ?* Elle était si intense que je suis tombée à genoux.

Elle est devenue plus vive encore. Des couteaux effilés comme des rasoirs tailladaient mon bras, mon dos, ma mâchoire. J'ai hoqueté, sans pouvoir reprendre mon souffle, ni même voir nettement ce qui m'entourait : tout était perdu dans la brume. Je ne savais trop ce qui m'arrivait, mais j'ai pensé que c'était le cœur.

Qu'est-ce qui n'allait pas ?

J'ai voulu appeler à l'aide, mais proférer le moindre son m'était impossible. Le jardin et ses arbres tournoyaient tout autour de moi. Des gens inquiets ont commencé à se rassembler, puis à se pencher vers moi.

Gus était revenu, l'air maussade, je l'ai entendu aboyer au-dessus de ma tête. Puis il a léché ma joue, mais c'est à peine si je l'ai senti.

J'étais allongée sur le dos, à me tenir la poitrine.

Le cœur ? Mais je n'ai que trente-cinq ans !

— Appelez une ambulance, a crié quelqu'un. Elle a des problèmes, je crois qu'elle va mourir !

Je respirais de plus en plus faiblement, perdais peu à peu conscience pour plonger dans le néant. Suzanne, ai-je pensé, reste en vie, respire !

Je me souviens qu'alors j'ai tendu la main vers une pierre qui se trouvait par terre, juste à côté de moi. Accroche-toi à elle, ai-je pensé, accroche-toi fort. En cet instant, j'étais persuadée que c'était la seule chose qui puisse me retenir sur terre. J'ai voulu appeler Michael, tout en sachant que cela ne servirait à rien.

J'ai alors compris ce qui m'était arrivé. J'avais dû rester inconsciente plusieurs minutes. Quand je suis revenue à moi, on me faisait monter dans une ambulance. Les larmes ont coulé sur mon visage, mon corps était trempé de sueur.

— Tout ira bien, madame, répétait l'ambulancière. Tout va très bien se passer.

Mais je savais que c'était faux. Je l'ai regardée avec toute la force dont j'étais capable et j'ai chuchoté :

— Ne me laissez pas mourir.

Et pendant tout ce temps je serrais le petit caillou dans ma main. La dernière chose dont je me souvienne, c'est un masque à oxygène qu'on m'a posé sur le visage, et la faiblesse mortelle qui a envahi tout mon corps. C'est alors que j'ai laissé tomber la pierre.

 C03

Ainsi donc, Nico,

Je n'avais que trente-cinq ans quand j'ai eu cette crise cardiaque à Boston. Le lendemain, on m'a fait un pontage coronarien. Cela m'a mis hors circuit près de deux mois durant, et c'est pendant ma convalescence que j'ai eu le temps de réfléchir vraiment, pour la première fois peut-être de ma vie.

J'ai douloureusement passé en revue mon existence à Boston, vu à quel point elle était factice : la recherche, le travail, les équipes de nuit, les horaires démentiels. J'ai pensé à ce que je ressentais juste avant que cette horrible chose survienne. J'ai aussi examiné mon propre aveuglement. Mon grand-père était mort d'une crise cardiaque, comme d'autres membres de ma famille. Et pourtant je ne m'étais pas montrée prudente.

Pendant ma convalescence, un médecin de mes amis m'a raconté l'histoire des cinq balles. Ne l'oublie jamais, Nico. C'est terriblement important.

Imagine que la vie est un jeu dans lequel tu jongles avec cinq balles. On les appelle travail, famille, santé, amis, intégrité. Tu les maintiens toutes en l'air. Mais un jour, tu en viens à comprendre que le travail est une balle en caoutchouc : si tu la laisses tomber, elle rebondit. Les quatre autres sont de verre : qu'elles t'échappent, et elles seront abîmées, fendillées, parfois brisées. Une fois que tu as compris cette leçon, tu commences à voir quel doit être l'équilibre de ta vie.

J'avais enfin compris Nicolas.

Nico,

Tu t'en doutes, tout cela date d'avant ton père, avant Matt. Laisse-moi te parler du Dr Michael Bernstein.

Je l'avais rencontré en 1994, lors du mariage de John Kirkwood et Carolyn Bessette, sur Cumberland Island, en Georgie. Je dois dire que jusqu'alors nous avions eu tous deux des vies plutôt réussies. Mes parents sont morts quand j'avais deux ans, mais j'ai eu la chance d'être élevée, avec beaucoup d'amour et de patience, par mes grands-parents, à Cornwall, dans l'État de New York. Je suis allée dans un lycée du New Jersey, puis à l'université de Duke, et enfin à la faculté de médecine de Harvard.

Chaque fois, j'ai eu l'impression d'avoir beaucoup de chance, et pensé qu'on me donnait la meilleure éducation possible – à ceci près que nulle part je n'ai appris la leçon des cinq balles.

Michael était allé à Harvard aussi, mais il en était sorti quatre ans avant que j'y entre. Nous nous sommes rencontrés pour la première fois à ce mariage – j'avais été invitée par Carolyn et lui par John. La cérémonie elle-même fut vraiment magique, pleine de promesses et d'espoir. Peut-être est-ce en partie ce qui nous a attirés l'un vers l'autre, Michael et moi.

Ce qui nous a maintenus ensemble au cours des années suivantes se révèle un peu plus compliqué. Il y avait l'attirance physique – je te parlerai de cela, mais pas maintenant. Michael était – est – très grand, très beau, avec un sourire radieux. Nous avions beaucoup de choses en commun. J'adorais l'entendre raconter ses histoires, toujours si drôles et mordantes ;

l'écouter jouer du piano et chanter à peu près tout, de Sinatra à Sting. Et nous étions tous deux des bourreaux de travail – il exerçait dans un hôpital pour enfants de Boston.

Mais tout cela n'avait rien à voir avec l'amour, Nico. Tu peux me croire.

Un mois environ après ma crise cardiaque, je me suis réveillée un matin vers 8 heures. L'appartement où nous vivions était silencieux, j'en ai savouré le calme pendant un moment : cela avait quelque chose d'apaisant. Puis je me suis levée et me suis dirigée vers la cuisine pour me préparer le petit déjeuner avant d'aller à l'hôpital pour mon suivi postopératoire.

J'ai sursauté en entendant un bruit – une chaise qu'on déplace. Un peu nerveuse, je suis allée voir.

C'était Michael, ce dont j'ai été surprise, car d'habitude il partait dès 7 heures.

— J'ai failli avoir une attaque ! ai-je dit d'un ton montrant que je plaisantais.

Il n'a pas ri et m'a fait signe de venir m'asseoir près de lui.

Puis avec son calme et sa maîtrise habituels, il m'a dit qu'il me quittait, pour trois raisons : il ne pouvait plus avoir avec moi les relations qu'il avait avec ses amis ; je ne pourrais avoir d'enfant, suite à mes problèmes cardiaques ; et il était tombé amoureux d'une autre.

Je suis sortie en courant, d'abord de la cuisine, puis de la maison. Ce matin-là, j'ai éprouvé une douleur pire encore que lors de ma crise cardiaque. Rien ne collait plus dans mon existence ; jusqu'ici je m'étais trompée du tout au tout !

J'adorais ma profession de médecin, mais je l'exerçais dans un grand hôpital, trop bureaucratisé, et ce n'était pas ce qui me convenait.

Je travaillais d'arrache-pied, parce qu'il n'y avait rien d'autre dans ma vie qui en valût la peine. Je gagnais près de cent vingt mille dollars par an, que je dépensais en dîners en ville, en vacances, en vêtements dont je n'avais pas besoin, et que parfois je n'aimais même pas.

Toute ma vie, j'avais voulu avoir des enfants, et pourtant je me retrouvais seule, sans projets, sans perspective de changements. Je tournais en rond comme un hamster dans sa roue. Ma vie était tendue à l'extrême, et quelque chose devait céder un jour ou l'autre. Malheureusement, cela avait été mon cœur.

Alors voilà ce que j'ai fait, mon petit garçon.

J'ai entrepris de *mettre en pratique* la leçon des cinq balles.

J'ai quitté l'hôpital, j'ai quitté Boston, j'ai renoncé à mes horaires de travail délirants et je suis allée m'installer dans le seul endroit au monde où j'avais toujours été heureuse, pour y guérir un peu mon cœur brisé.

Et c'était un changement de grande ampleur, Nicolas ; j'avais décidé de tout bouleverser.

ভ

Nico,

Je suis arrivée sur Martha's Vineyard en touriste un peu gauche, traînant mon passé avec moi, sans savoir encore ce que j'allais en faire. J'ai passé les deux premiers mois à remplir les placards de nourriture, à jeter les vieux magazines qui m'avaient suivi jusqu'ici, et à m'installer dans ma nouvelle vie.

De cinq à dix-sept ans, j'avais passé ici tous les étés en compagnie de mes grands-parents. Mon grand-père était architecte, comme mon père, et pouvait travailler à la maison. Isabelle, ma grand-mère, savait faire de l'endroit où nous vivions le plus confortable des nids, le plus aimant qu'on puisse imaginer.

J'étais donc ravie de revenir sur l'île. En début de soirée, Gus et moi allions souvent à la plage, où nous restions tant qu'il faisait encore jour. Nous jouions à la balle, parfois au frisbee, pendant près d'une heure. Puis nous nous blottissions sous une couverture jusqu'à ce que le soleil soit couché.

J'avais repris la clientèle d'un généraliste partant s'installer dans l'Illinois. D'une certaine manière, nous échangions nos existences : il allait à Chicago et je renonçais à la vie citadine. Nous étions cinq à avoir un cabinet dans cette maison à bardeaux de Vineyard Haven.

Pour moi, « médecin de campagne » avait quelque chose de merveilleux, un peu comme quand on entend au loin la cloche d'une vieille école. C'est pourquoi j'ai accroché une pancarte où on lisait : « SUZANNE BEDFORD, MÉDECIN DE CAMPAGNE. »

Dès le deuxième mois, j'ai commencé à voir quelques-uns de mes patients.

Emily Howe, soixante-dix ans, ancienne bibliothécaire, membre respecté des Filles de la révolution américaine, coriace, solide, opposée à tout ce qui s'était fait depuis 1900. Diagnostic : bronchite. Pronostic : bon.

Dorris Lathem, quatre-vingt-treize ans, a survécu à trois époux, onze chiens et un incendie. Une santé de cheval. Diagnostic : vieillesse. Pronostic : ne mourra jamais.

Earl Chapman, pasteur presbytérien. Allure générale : toujours sur son quant-à-soi. Diagnostic : diarrhées chroniques. Pronostic : possible retour de ce que le Seigneur pourrait appeler la monnaie de sa pièce.

On aurait dit des noms sortis d'un poème de William Carlos Williams. Je l'imaginais, parcourant les rues de Martha's Vineyard, sous un vent glacé venu des collines. Il serait venu, en fin d'après-midi, voir le garçon qui, tombant de son traîneau, s'était cassé un bras.

C'est ce qu'il me fallait. Je vivais un fantasme qui, du temps où j'étais à Boston, me paraissait à des millions d'années-lumière.

Il m'avait pourtant suffi de franchir le détroit.

J'avais l'impression d'être de retour chez moi.

ↄ঵

Nicolas,

J'ignorais que l'amour de ma vie était là, à m'attendre. Si je l'avais su, j'aurais aussitôt couru me jeter dans ses bras.

À mon arrivée, je n'étais sûre de rien, et surtout pas de l'endroit où j'allais m'installer. Je suis partie en voiture en quête d'un lieu synonyme de « foyer », de « tu seras très bien ici », ou encore « ne cherche pas plus loin ».

L'île est pleine de coins superbes, que je connaissais, mais cette fois ce n'était plus pareil. Tout était différent parce que j'avais l'impression d'avoir changé. Le nord de l'île a toujours eu, pour moi, une attirance particulière : c'est là que j'avais passé tant d'étés magnifiques. On aurait dit une illustration tirée d'un livre pour enfants : des fermes, des clôtures, des falaises, des chemins de terre, tandis que le sud n'était que tourbillon de belvédères, de pavillons, de phares et de petits ports.

Pour finir, j'ai été conquise par un ancien hangar à bateaux du début du siècle. Et je le suis toujours. C'était vraiment chez moi.

Il faudrait le retaper, mais il saurait résister à l'hiver, et je l'ai adoré dès que je l'ai vu. De vieilles poutres – où l'on suspendait autrefois les embarcations – couraient au plafond. Au premier étage, j'ai découpé des lucarnes pour laisser entrer le soleil. Il faudrait impérativement repeindre les murs en bleu clair, car la maison donnait directement sur la mer. De grandes portes glissaient à droite et à gauche, comme pour accueillir le monde extérieur.

Nico, peux-tu imaginer ce que c'est que de vivre pratiquement sur la plage ? Tout en moi, corps et âme, savait que j'avais fait le bon choix. J'ai donc vécu entre Vineyard Haven et Oak Bluffs. Parfois je travaillais à mon cabinet, ou rendais visite à tel patient, mais la plupart du temps j'étais à l'hôpital de Martha's Vineyard, ou au centre médical de l'île, où l'on me suivait pour mes problèmes cardiaques.

J'étais seule, Gus excepté. Je menais une vie retirée, mais pour l'essentiel j'étais heureuse.

Peut-être parce qu'à l'époque je ne savais pas ce qui me manquait : ton père et toi.

ଔ

Nicolas,

Je rentrais de l'hôpital en voiture quand j'ai entendu un drôle de bruit, une sorte de sifflement.

Je me suis arrêtée après un virage et suis descendue pour voir.

Bon sang de bonsoir ! Le pneu avant droit était à plat. Je l'aurais changé si en arrivant dans l'île je n'avais pas ôté la roue de secours pour faire de la place dans le coffre.

J'ai appelé la station-service sur mon portable, furieuse de devoir contacter un garage. On m'a répondu, d'un ton un peu condescendant, que quelqu'un allait venir. J'ai eu l'impression qu'on me prenait pour une gamine débile et ça m'a agacée. Je savais parfaitement changer un pneu : je me flatte d'être indépendante et de pouvoir me débrouiller seule. Et je suis têtue comme une mule.

J'étais appuyée contre la portière, à feindre d'admirer le paysage, et les voitures qui passaient devaient penser que je m'étais arrêtée pour une raison quelconque. C'est sans doute pourquoi l'une d'elles s'est arrêtée derrière la mienne.

De toute évidence, ce n'était pas le garagiste. À moins que le réparateur n'ait conduit une décapotable Jaguar vert sombre.

— Vous avez besoin d'aide ? a demandé le conducteur en venant vers moi lentement.

Pour être franche, je ne pouvais le quitter des yeux.

— Non, merci… J'ai appelé la station Shell, en ville, ils vont arriver. Merci quand même !

Il me semblait familier. Je me suis demandé si je ne l'avais pas déjà vu dans une boutique, ou peut-être à l'hôpital.

Mais il était grand, beau, et j'ai pensé que je me serais souvenue de lui. Il avait un sourire avenant, un air détendu.

— Je peux changer le pneu, a-t-il dit, sans prendre un air supérieur. J'ai une voiture qui en jette, mais je ne suis pas quelqu'un de hautain.

— Merci, mais j'ai enlevé la roue de secours pour pouvoir loger ma stéréo et ma collection de bougies.

Il a ri… d'un air familier. Qui était-il ? Où l'avais-je rencontré ? J'ai repris :

— Mais je suis flattée qu'un homme en décapotable se propose de me venir en aide.

Il a ri de nouveau. Un rire agréable, qui me disait quelque chose.

— Je suis vaste… Je contiens des multitudes.

— Walt Whitman ! ai-je lancé. Puis je me suis souvenue : Tu répétais cela tout le temps, tu citais Whitman en permanence. Matt !

— Suzanne ! J'étais à peu près sûr que c'était toi !

Il était aussi surpris que moi de me retrouver par hasard au bout de tant d'années – pas loin d'une vingtaine.

Matt Wolfe était encore plus beau que dans mon souvenir. À trente-sept ans, il était vraiment séduisant. Grand, mince, avec des cheveux bruns coupés court et un sourire adorable. Il avait l'air en pleine forme. Nous avons discuté sur le bord de la route. Il était devenu avocat pour l'Agence de protection de l'environnement, et aussi négociant en antiquités. J'ai ri quand il m'a dit cela. À l'époque, il avait le plus grand mépris pour les hommes d'affaires.

Il n'a pas été surpris d'apprendre que j'étais médecin. Que je sois venue seule à Martha's Vineyard, en revanche, l'a beaucoup étonné.

Nous avons échangé le récit de nos vies. Il était toujours aussi drôle, d'abord aussi facile. Quand j'étais sortie avec lui, j'avais seize ans et lui dix-huit. C'était le dernier été où mes grands-parents avaient loué une maison sur l'île – que je n'avais jamais oubliée. Je rêve depuis de ses plages et de l'océan.

Je crois que nous avons été tous deux un peu déçus de voir la dépanneuse jaune s'arrêter derrière nous. Je l'étais, en tout cas ! Comme j'allais partir, Matt a marmonné quelques mots comme quoi tout cela était très amusant, puis m'a demandé ce que je faisais le samedi soir suivant.

Je crois bien que j'ai rougi :

— Tu veux qu'on sorte ?

— En effet, Suzanne. Je t'ai revue et je voudrais te revoir encore.

Je lui ai dit que j'adorerais passer la soirée avec lui. Mon cœur battait un peu et j'ai pensé que c'était très bon signe.

ca

Nico,

Qui donc était assis sous ma véranda ? Rentrant en voiture cet après-midi-là, je ne pouvais le dire.

Ce n'était pas l'électricien, l'employé de la compagnie du téléphone ou du câble : je les avais vus la veille.

Non, c'était le peintre en bâtiment, celui qui allait m'aider à tout remettre en état.

Nous nous sommes dirigés vers la maison tandis que je lui signalais mes problèmes : les fenêtres fermaient mal, les planchers gondolaient, il y avait une fuite dans la salle de bains, une pompe hors d'usage, une gouttière fissurée, et tout avait besoin d'être repeint.

Une maison très agréable, mais pas très pratique.

Il s'est montré à la hauteur, a pris des notes, posé des questions pertinentes, puis m'a dit qu'il pourrait tout remettre en état d'ici la fin du millénaire. Le prochain, bien sûr. Nous avons topé là sur-le-champ – ce qui m'a donné l'impression que j'avais vraiment réussi dans la vie.

D'un seul coup, elle paraissait bien meilleure. J'avais de nouveaux patients que j'adorais, ce peintre qui faisait du bon travail, et un rendez-vous avec Matt.

Une fois seule dans mon petit cottage au bord de la mer, j'ai levé les bras au ciel et poussé un grand cri.

Puis j'ai dit :

— Matt Wolfe ! Imagine un peu ! Magnifique !

☙

Nico,

Tout le monde ou presque doit s'imaginer que quelqu'un qu'on a beaucoup aimé au lycée va réapparaître un jour. Pour moi, c'était Matt.

Qui sait, peut-être faisait-il partie de ce qui m'avait ramenée à Martha's Vineyard. Ou peut-être pas.

Comment savoir ?

Cela ne m'a pas empêchée d'être en retard d'une bonne heure ce samedi soir. Il m'avait fallu faire admettre un patient à l'hôpital, rentrer à toute allure pour nourrir Gus, me pomponner et retrouver mon beeper avant de partir. Je dois avouer que je suis parfois très désorganisée. Comme le disait mon grand-père :

— Suzanne, tu penses à trop de choses à la fois.

Quand je suis entrée chez Lola – un endroit très agréable sur la plage entre Vineyard Haven et Oak Bluffs –, Matt attendait devant une bouteille de pinot noir. Il avait l'air détendu, ce qui m'a plu. Et très beau. Ce qui était excellent aussi.

— Je suis navrée, Matt. Sortir avec un médecin a des côtés très négatifs.

Il a ri :

— Au bout de vingt ans, qu'est-ce que vingt minutes ? Ou même une heure ? Tu es superbe, Suzanne. Cela valait la peine d'attendre.

J'ai été flattée, et un peu gênée. Cela faisait longtemps qu'on ne m'avait pas fait de compliment. Ce qui m'a plu. Je me suis glissée dans la soirée comme dans des draps de satin.

— Tu es revenue sur l'île pour de bon ? m'a demandé Matt après que je lui ai raconté quelques-uns – mais pas tous – des événements qui m'avaient conduite ici. Je ne lui ai pas parlé de la crise cardiaque. Cela viendrait en son temps.

— J'adore l'île, depuis toujours. Je suis rentrée chez moi ! Oui, je suis revenue pour de bon.

— Que deviennent tes grands-parents ? Je me souviens bien d'eux.

— Grand-père va bien, mais grand-mère est morte, voilà six ans. Le cœur.

Matt et moi avons parlé à n'en plus finir – travail, étés sur l'île, faculté, réussites, échecs. Il avait d'abord passé dix ans à voyager dans le monde entier : Postano, Madrid, Londres, New York. À vingt-huit ans, il s'était inscrit à la fac de droit de l'université de New York, et cela faisait deux ans qu'il était revenu sur l'île. Il en était ravi. C'était si agréable de discuter avec lui, de parcourir ensemble la route des souvenirs.

Après le dîner, il m'a suivi dans sa Jaguar. Il se montrait simplement prévenant. Nous sommes sortis de voiture devant chez moi et avons parlé encore un moment sous une pleine lune superbe. J'étais vraiment heureuse.

— Tu te souviens de notre première sortie ensemble ? a-t-il demandé.

Oh que oui ! Un terrible orage avait coupé l'électricité chez moi. Je m'étais habillée dans le noir et, par mégarde, j'avais pris une bombe de Lysol en croyant que c'était de la laque. J'avais empesté le désinfectant toute la soirée.

— Tu te souviens de la première fois où j'ai eu le courage de t'embrasser ? Sans doute pas. J'étais mort de trouille !

J'en ai été un peu surprise :

— Je ne me suis rendu compte de rien. Pour autant que je m'en souvienne, tu paraissais toujours très sûr de toi.

— Mes lèvres tremblaient et je claquais des dents ! J'avais le béguin pour toi et je n'étais pas le seul.

J'ai ri. Tout cela était un peu juvénile mais très amusant. Revoir Matt, c'était comme de voir se réaliser un vieux fantasme.

— Je ne te crois pas, mais c'est très agréable à entendre.

— Suzanne, a-t-il dit d'une voix douce, est-ce que je peux t'embrasser ?

Je me suis mise à trembler un peu. J'avais perdu l'habitude.

— Oui, ce serait bien. Ce serait parfait, à vrai dire.

Il s'est penché et m'a embrassée très doucement. Un baiser, un seul. Mais c'était vraiment quelque chose, après toutes ces années.

Cher Nico,

Bizarre ! C'est le seul mot que parfois je peux employer pour définir l'existence. La vie est vraiment bizarre.

Tu te souviens du peintre dont je t'avais parlé ? Le lendemain de ma soirée avec Matt, il est passé remettre un peu la façade en état. Je m'en suis aperçue parce qu'il m'avait laissé un bouquet de fleurs sauvages superbes – roses, rouges, jaunes, bleues, violettes – dans une jarre près de la porte d'entrée.

Très aimable, très gentil, très touchant.

J'ai d'abord cru qu'elles venaient de Matt, mais il n'en était rien.

Il y avait aussi un petit mot :

Chère Suzanne,

Votre cuisine est encore dans le noir, j'espère que ces fleurs embelliront votre journée. Peut-être pourrions-nous nous retrouver et faire tout ce que vous voulez, quand vous voulez, où vous voulez.

Il avait signé : *Picasso, votre peintre en bâtiment.*

J'en ai été sidérée. Je n'étais plus sortie avec quelqu'un depuis Boston ; je n'en avais plus envie après que Michael m'eut quittée.

J'ai entendu des coups de marteau et je suis sortie. Il était perché sur le toit, comme une mouette.

— Picasso, ai-je crié, merci pour vos fleurs ! Quel agréable cadeau ! C'est gentil de votre part.

— De rien ! Elles m'ont fait penser à vous, et je n'ai pas pu résister.

— Vous avez bien choisi ; ce sont mes préférées.

— Suzanne, qu'en pensez-vous ? Nous pourrions aller manger quelque part, aller nous promener, voir un film, jouer au scrabble. Je n'ai rien oublié ?

J'ai souri malgré moi.

— C'est un peu difficile pour moi en ce moment, avec mes patients, c'est vraiment la priorité. Mais c'est très gentil de votre part.

Il l'a bien pris et m'a souri. Puis il s'est passé la main dans les cheveux :

— Je comprends. Mais vous vous doutez que, si vous ne sortez pas avec moi au moins une fois, je serai contraint d'augmenter mes tarifs.

— Non, je ne le savais pas !

— C'est une pratique parfaitement inique et méprisable, mais que faire d'autre ? Ainsi va le monde.

J'ai ri et lui ai dit que j'étudierai la question.

— À propos, combien vous dois-je pour ce que vous avez déjà fait dans le garage ?

— Ça ? Rien… rien du tout. Gratuit.

J'ai haussé les épaules, souri, j'ai eu un signe de la main. C'était agréable à entendre – peut-être parce que ce n'était pas ainsi qu'allait le monde.

— Merci, Picasso.

— De rien, Suzanne.

Et il s'est remis au travail.

☙

Cher Nicolas,

Je te regarde en écrivant ces lignes. Tu es absolument magnifique.

Parfois je te contemple et je ne peux croire que tu sois à moi. Tu as le menton de ton père, mais mon sourire.

Au-dessus de ton berceau, il y a ce petit mobile, quand tu tires dessus, il joue un air de musique. Aussitôt tu ris. Je crois que papa et moi aimons autant entendre cet air que toi.

Parfois, le soir, si je rentre tard ou si je me promène, j'entends cette mélodie dans ma tête et je ressens alors énormément de tendresse pour toi.

En ce moment même, je veux simplement te prendre dans mes bras et te serrer aussi fort que je peux.

Ce qui te plaît aussi, c'est « Une patate, deux patates… ». Je ne sais pas pourquoi. Peut-être la répétition du mot, mais en tout cas cette chansonnette te plonge en plein bonheur.

Parfois, je suis incapable d'imaginer qu'un jour tu puisses être plus grand. Je crois que toutes les mères ont tendance à fantasmer leurs enfants figés dans le temps, un peu comme des fleurs séchées, pour qu'ils restent à jamais parfaits, éternels. Quand je te berce, j'ai l'impression d'avoir dans mes bras comme un morceau de Paradis. J'ai le sentiment qu'il y a des anges gardiens autour de toi, autour de nous. Je crois en eux : te regarder suffit à me convaincre de leur existence.

Je repense à quel point je t'aimais déjà quand tu étais dans mon ventre. Je t'ai aimé dès que nous nous sommes rencontrés. La première fois, tu nous a paru parfait, à papa et à moi. Tu avais l'air de dire :

— Hé, je suis là !

Tu étais incroyablement vif, tu regardais tout. Nous te voyions enfin, après neuf mois à imaginer de quoi tu aurais l'air. J'ai pris ta tête et l'ai posée doucement sur ma poitrine. Un peu plus de trois kilos de pur bonheur.

Ensuite, papa t'a pris. Il ne pouvait croire qu'un bébé, né quelques minutes plus tôt, puisse lui rendre son regard.

Le petit garçon de Matt.

Notre superbe Nicolas.

KATIE

Le petit garçon de Matt.

Notre superbe Nicolas.

Katie posa le journal, soupira, puis respira profondément, la gorge serrée. Elle passa la main dans la fourrure de Guenièvre, qui ronronna doucement. Elle se moucha. Tout cela était très inattendu. Suzanne, en particulier.

Et Nicolas.

Nicolas, Suzanne et Matt.

— Guinny, dit-elle à la chatte, c'est vraiment délirant. Je me suis fourrée dans un sacré pétrin. Quel désastre !

Se levant, Katie erra dans l'appartement, dont elle avait toujours été fière. Elle y avait beaucoup travaillé, et n'aimait rien tant que de revêtir un vieux tee-shirt, une salopette, puis d'installer placards et rayonnages. L'endroit était décoré de mobilier en vieux pin, de tapisseries, de petites aquarelles, comme celle représentant le pont de Pisha, au sud d'Asheboro.

L'armoire à confitures de sa grand-mère était dans son bureau, abritant plusieurs livres que Katie avait reliés elle-même – art qu'elle avait appris au Penland School of Crafts de Caroline du Nord.

Elle avait tant de questions à poser, et personne pour y répondre. Encore que... ce ne soit pas tout à fait vrai. Elle avait le journal.

Elle l'aimait bien. Sans l'avoir voulu – mais c'était comme ça. En d'autres circonstances elles auraient pu être amies. Katie en avait à New York, ou en Caroline du Nord, qui lui ressemblaient assez : Laurie, Robin, Susan, Gilda, Lynn. D'excellentes amies.

Suzanne avait eu le cran de quitter Boston pour s'installer à Martha's Vineyard. Elle avait renoncé au rêve d'être le médecin, la femme, qu'elle aurait voulu être. Sa crise cardiaque lui avait appris que chaque instant de l'existence est un don.

Et Matt ? Qu'est-ce que Katie pouvait bien signifier pour lui ? Une femme parmi d'autres, une liaison vouée à l'échec ? D'un seul coup, elle avait honte. Dans son enfance, son père lui posait toujours la même question :

— Katie, es-tu en règle avec Dieu ? Elle n'en était plus sûre. Était-elle en règle avec qui que ce soit, d'ailleurs ?

Jamais elle n'avait éprouvé de tels sentiments : tout cela ne lui plut guère.

— Crétin ! dit-elle à voix basse. Salaud ! Non, Guenièvre, pas toi ! Je pensais à Matt ! Qu'il crève !

Pourquoi ne lui avait-il pas dit la vérité ? Aurait-il trompé une épouse au demeurant parfaite ? Pourquoi donc n'avait-il jamais parlé de Suzanne ? Ni de Nicolas ?

Et comment avait-elle pu si peu le questionner sur son passé ? Elle aurait dû insister. Pourquoi ne l'avait-elle pas fait ? Parce que ce n'était pas son style. Parce qu'elle n'aimait pas les confrontations trop brutales.

Mais ce qui l'avait retenue, c'était surtout le regard de Matt chaque fois qu'ils parlaient d'autrefois. Une profonde tristesse – mais aussi quelque chose comme de la colère. Et il lui avait juré qu'il n'était plus marié.

Katie ne pouvait oublier l'horrible soirée à l'issue de laquelle il l'avait quittée. Elle était bonne cuisinière, bien qu'ayant rarement le temps de s'y consacrer. Elle avait installé sur la terrasse une table en fer forgé, où elle avait posé un service en porcelaine, l'argenterie de sa grand-mère, ainsi qu'une douzaine de roses rouges et blanches. Toni Braxton,

Anita Baker, Whitney Houston et Eric Clapton attendaient près du lecteur de CD.

Quand Matt arriva, elle avait une merveilleuse surprise pour lui : le premier tirage de son recueil de poèmes. Elle s'était chargée avec amour de publier le manuscrit, et lui apprit que l'ouvrage serait tiré à onze mille exemplaires, ce qui était élevé pour de la poésie. Elle s'apprêtait à dire :

— Tu es en route pour la gloire. N'oublie pas tes amis quand tu seras au sommet !

Moins d'une heure plus tard, elle était en larmes, tremblait de tout son corps et avait l'impression de vivre un cauchemar. Matt était à peine entré qu'elle comprit que quelque chose n'allait pas. Elle le vit dans ses yeux, l'entendit à sa voix.

— Katie, il faut que je mette un terme à notre relation. Je ne peux plus te revoir. Je ne viendrai plus à New York. Je sais que cela va te paraître horrible, et tout à fait inattendu. Je suis désolé. Il fallait que je te le dise moi-même. C'est pourquoi je suis venu.

Non, il n'avait aucune idée de ce qu'elle pouvait ressentir, à quel point c'était horrible. Elle en avait le cœur brisé. Elle lui avait fait confiance, elle s'était abandonnée totalement, comme jamais dans sa vie.

Et Katie aurait voulu lui parler ce soir-là – elle avait des choses importantes à lui dire.

Après son départ, elle ouvrit un tiroir de la vieille commode placée près de la porte menant à la terrasse.

Il y avait dedans un autre cadeau pour Matt.

Elle le prit et recommença à trembler. Ses lèvres frémirent, ses dents se mirent à claquer, sans qu'elle puisse s'en empêcher. Ôtant le ruban et le papier d'emballage, elle ouvrit la petite boîte de forme oblongue.

Mon Dieu !

Elle se mit à sangloter en regardant à l'intérieur. La souffrance était presque insupportable.

Elle aurait eu quelque chose de si important, de si merveilleux, à partager avec Matt ce soir-là.

La boîte contenait un superbe hochet en argent.

Elle était enceinte.

LE JOURNAL

Nicolas,

C'est le rythme de ma vie, aussi régulier et apaisant que les marées que j'observe de la maison. C'est si naturel, si bon, si juste. Au fond de moi-même, je sais que c'est là que je dois être.

Je me lève à 6 heures et j'emmène Gus faire une longue promenade. Nous longeons la ferme des Rowe, puis dépassons un champ où broutent des poneys, qu'il considère avec un certain détachement : sans doute croit-il que ce sont des retrievers géants. Nous arrivons sur un bout de plage bordé de dunes et d'herbes qui ondulent. Parfois je leur fais signe de la main – je peux me montrer si fleur bleue que c'en est gênant.

Le trajet varie, mais d'ordinaire nous traversons la propriété de Mike Straw, où il y a une allée de chênes superbes, qui nous protègent s'il fait chaud ou s'il pleut. Gus semble aimer ce moment de la journée presque autant que moi.

Ce que j'adore le plus dans ces promenades, c'est ce sentiment de paix intérieure que j'éprouve. Je crois que c'est parce que j'ai repris possession de ma propre vie.

Souviens-toi des cinq balles, Nico – Ne les oublie jamais.

C'est ce à quoi je pense lorsque j'entame le long trajet qui me ramène à la maison.

Avant d'emprunter le chemin d'accès, je passe devant la maison des Bone, mes voisins. Mélanie Bone s'est montrée étonnamment aimable et généreuse quand je me suis installée, me fournissant, selon les besoins, numéros de téléphone utiles, marteau, clous, peinture ou limonade glacée. C'est aussi grâce à elle que j'ai contacté mon peintre en bâtiment : elle m'a recommandé Picasso.

Elle a mon âge, et déjà quatre enfants. Je suis toujours impressionnée par les familles nombreuses. Toutes les mères sont étonnantes. Rien que les tâches ménagères, c'est déjà un travail de ministre. Mélanie est toute petite, un peu plus d'un mètre soixante, elle a des cheveux noirs et un sourire merveilleusement accueillant.

T'ai-je dit que tous ses enfants sont des filles ? De un à quatre ans ! J'ai toujours eu du mal à m'y retrouver dans les prénoms, alors je les appelle par leur âge : « Est-ce que Deux ans dort ? C'est Quatre ans, dehors, sur la balançoire ? »

Tous les Bone gloussent en m'entendant, cela leur paraît tellement drôle qu'ils ont fait de Gus un Cinq ans d'honneur. Si quelqu'un m'avait entendue, personne ne serait jamais venu voir le Dr Bedford.

Mais les patients viennent, Nico, je les soigne, et en même temps je me guéris moi-même.

Écoute ce qui va se passer. Encore une rencontre avec Matt : je suis invitée à une soirée chez lui.

಴

Mon petit homme,

La maison au sortir de Vineyard Haven était superbe, conçue avec goût, d'allure cossue, et très imposante. J'ai donc été impressionnée. Regardant autour de moi, j'ai constaté que les hommes, les femmes, et même les enfants, appartenaient tous à la même classe sociale : celle qui a réussi. C'était le monde de Matt. On aurait dit que tous les habitants des quartiers chic de New York avaient été transplantés sur l'île. Les invités s'étaient dispersés sur les balcons, les chemins de pierre, les diverses pièces superbement meublées qui donnaient toutes sur la mer.

Je n'avais vraiment rien de commun avec eux, mais je pouvais quand même apprécier la beauté de l'endroit, et même l'amour avec lequel on en avait fait ce qu'il était devenu.

Matt m'a prise par le bras et m'a présentée à ses amis. Mais je me sentais toujours mal à l'aise, je ne sais pourquoi. À Boston, j'avais assisté plus d'une fois à des événements mondains du même genre : inauguration d'un nouveau service dans un hôpital, cocktails petits ou grands… Pourtant j'avais l'impression de ne pas être à ma place, mais je ne tenais pas à le dire à Matt, de peur de lui gâcher la soirée. Mon récent retour sur l'île avait été beaucoup plus terre à terre : plantations de légumes, fixation des volets, protection contre la pluie du sol de la véranda.

À un moment, j'ai même baissé les yeux pour voir s'il ne restait pas des taches de peinture sur mes mains.

Tu vois ce que je veux dire, Nico ? Parfois, quand nous sommes ensemble, rien que nous deux, je parle avec toi un langage qui nous est propre. Des mots inventés, des bruits bizarres, des codes et des signaux indéchiffrables, que nous sommes seuls à comprendre.

Puis quelqu'un arrive, ou bien il nous faut sortir pour aller au marché, et j'ai oublié comment communiquer avec les adultes.

C'est ce que je ressentais lors de la soirée. J'étais hors du coup. J'avais passé trop de temps en salopette tachée de peinture. Et j'aimais le rythme nouveau que j'étais en train de me créer : facile, simple, sans complication.

Un petit garçon est arrivé à toute allure, en larmes. Il devait avoir trois ou quatre ans. Les parents ne semblaient pas être aux alentours.

Je me suis penchée vers lui :

— Qu'est-ce qui s'est passé ? Ça va ?

— Je suis tombé, a-t-il répondu en sanglotant. Regarde !

Il avait une vilaine éraflure sur le genou, on voyait même un peu de sang.

— Comment sait-il que tu es médecin, Suzanne ? a demandé Matt.

— Les enfants savent ce genre de choses. Ma robe blanche est là pour faire chic, mais il y a peut-être vu une blouse de docteur. Je vais l'emmener dans la maison et nettoyer la plaie.

J'ai tendu la main et le petit garçon l'a prise. Il m'a dit qu'il s'appelait Jack Brandon. C'était le fils de George et Lilian Brandon, qui assistaient à la soirée. Il m'a aussi expliqué, de manière très adulte, qu'ils avaient dû l'emmener parce que sa gouvernante était malade.

Quand lui et moi avons émergé de la cuisine, une femme d'allure inquiète est venue vers moi.

— Qu'est-il arrivé à mon fils ? a-t-elle demandé, d'un ton sec.

— Jack a fait une chute. Nous étions en quête de sparadrap, a dit Matt.

— Rien de grave, ai-je ajouté. Une simple égratignure. À propos, je m'appelle Suzanne, Suzanne Bedford.

La mère de Jack s'est contentée d'un hochement de tête guindé. Comme elle tentait de prendre la main de son fils, il a fait demi-tour et s'est blotti contre mes jambes.

De toute évidence, cela a agacé sa mère. Elle s'est tournée vers un ami, et je l'ai entendue dire :

— Qu'est-ce qu'elle en sait ? Elle n'est pas médecin !

ଓ

Nico – écoute bien la suite, c'est de la magie pure. Cela existe, crois-moi !

Un soir, après une longue journée au cabinet, l'intrépide médecin de campagne a décidé d'aller manger un morceau avant de rentrer chez elle.

J'étais trop lasse pour avoir envie de préparer quelque chose. Un hamburger chez Harry ferait très bien l'affaire. Avec quelques frites, ce serait parfait pour une fin de journée. J'avais besoin d'un petit plaisir coupable.

Il était un peu de plus de 20 heures quand je suis entrée dans le restaurant. Au début, je ne l'ai pas remarqué ; il était assis près d'une fenêtre, à manger et à lire.

J'avais déjà avalé la moitié de mon hamburger quand je l'ai vu. Picasso, mon peintre en bâtiment.

J'avais eu peu de contacts avec lui depuis l'épisode des fleurs sauvages. En partant travailler, je l'entendais s'affairer sur le toit, ou je le voyais repeindre, mais nous échangions rarement plus de quelques mots.

Je me suis levée pour aller payer. J'aurais pu sortir sans lui dire bonjour, car il me tournait le dos, mais cela me paraissait un peu grossier et surtout très snob.

Je me suis arrêtée à sa hauteur et lui ai demandé comment il allait. Il a paru surpris de me voir et m'a demandé si je voulais prendre une tasse de café avec lui, un dessert, tout ce que je voudrais : il me l'offrait.

J'ai argué d'un prétexte assez faible en lui disant que je devais rentrer pour m'occuper de Gus, mais il me faisait déjà de la place et je me suis assise en face de lui. J'aimais sa voix, à laquelle je n'avais pas prêté attention jusqu'à présent. Et ses yeux.

— Que lisez-vous ? lui ai-je demandé, en me sentant un peu sotte, un peu effrayée, et cherchant surtout quelque chose à dire.

— Deux romans… Melville – il m'a montré *Moby Dick* – et *La Pêche à la truite en Amérique*, de Brautigan.

— *Moby Dick*… C'est votre lecture pour l'été ? Ou bien vous avez des remords parce qu'au lycée vous ne l'avez jamais terminé ?

— Les deux. C'est l'un de ces livres qu'il faut connaître. Il est là à vous regarder, et vous dit : « Je ne m'en irai pas tant que tu ne m'auras pas ouvert ! » Cet été, je vais lire tous les classiques d'un coup, de manière à pouvoir enfin passer à des policiers bon marché !

Ce soir-là, nous avons parlé plus d'une heure, et le temps filait. J'ai remarqué tout d'un coup qu'il faisait noir dehors.

— Il faut que je m'en aille, je commence très tôt le matin.

— Moi aussi, a-t-il répondu en souriant. Mon employeuse du moment est une vraie négrière.

Cela m'a amusée :

— C'est ce que j'ai entendu dire !

Je me suis levée et, pour je ne sais quelle raison idiote, lui ai serré la main.

— Picasso, je ne connais même pas votre véritable nom.

— Matthew. Matthew Harrison.

Ton père.

ɔ

Quand j'ai revu Matt Harrison, quelques jours après notre rencontre chez Harry, il était sur mon toit, flottant très haut au-dessus du monde, à poser des ardoises. Un vrai travailleur consciencieux !

— Picasso ! ai-je crié, en me sentant cette fois plus détendue, et même heureuse de le voir. Vous voulez quelque chose à boire ?

— J'en ai presque terminé, je descends tout de suite. J'aimerais une boisson bien fraîche !

Cinq minutes plus tard, il est entré dans la maison, aussi brun qu'une vieille pièce de cuivre.

— Alors, comment vont les choses là où s'ébattent les mouettes ? lui ai-je demandé.

— Il fait chaud ! Croyez-le ou non, j'ai presque fini le toit.

Zut ! Juste au moment où j'aurais aimé qu'il reste dans les environs !

— Et en bas, comment ça se passe ? a-t-il demandé alors qu'il s'installait dans un des rocking-chairs de la véranda, avant de se mettre à osciller en heurtant le treillage.

— Très bien. Pas de tragédies aujourd'hui, c'est toujours agréable. J'adore ce métier.

À ce moment, le treillage derrière lui a cédé et s'est effondré sur nous. Nous nous sommes dressés d'un bond et avons réussi à le remettre en place, nos têtes couvertes de pétales de roses et de clématites.

Je me suis mise à rire en voyant mon homme de peine ainsi couvert de fleurs : on aurait dit une mariée d'allure un peu bizarre. Lui-même m'a lancé :

— Regardez-vous ! On croirait Carmen Miranda !

Matt a pris un marteau et des clous et a redressé le treillage, que je me contentais de tenir.

J'ai senti sa jambe contre la mienne, puis sa poitrine contre mon dos tandis qu'il fixait le dernier clou.

J'ai frissonné. Le faisait-il exprès ? Que se passait-il donc ? Nos yeux se sont croisés, il y a eu comme une étincelle entre nous. Quoi que ce puisse être, cela m'a plu.

Impulsivement, ou instinctivement, je lui ai demandé s'il aimerait rester à dîner :

— Rien d'extraordinaire : des steaks, du maïs sur le grill…

Il a hésité, et je me suis demandé s'il y avait quelqu'un d'autre dans sa vie. Après tout, il était vraiment beau. Mais mon inquiétude s'est dissipée quand il a dit :

— Je suis un peu crasseux, Suzanne. Ça vous ennuierait si je prenais une douche ? Je serais ravi de dîner avec vous.

— Il y a des serviettes propres sous le lavabo, ai-je répondu.

Il est donc parti se laver pendant que je m'apprêtais à préparer le repas. Tout cela était très agréable. Simple, facile, entre bons voisins.

C'est alors que je me suis rendu compte que je n'avais ni steaks ni maïs. Fort heureusement, Matt n'a pas su que j'ai couru chez Mélanie… Qui m'a donné vin, bougies, et même la moitié d'une tarte aux cerises. Elle a ajouté qu'elle adorait Matt, comme tout le monde.

Après dîner, nous avons longuement discuté sous la véranda. Une fois de plus, le temps a passé très vite. Quand j'ai jeté un coup d'œil à ma montre, j'ai vu, incrédule, qu'il était presque 23 heures :

— Je travaille à l'hôpital demain ! Je commence tôt !

— J'aimerais vous rendre la pareille, vous inviter à dîner. Je peux, Suzanne ?

Je ne pouvais le quitter des yeux – les siens étaient d'un brun incroyablement doux.

— Oui, ai-je dit, bien sûr ! Je meurs d'impatience !

C'est venu spontanément. Il a souri :

— Pas besoin d'attendre. Je suis là !

— Je sais, et ça me plaît. Je suis seulement impatiente pour demain. Bonne nuit, Matt.

Il s'est penché en avant, m'a embrassée doucement, puis est rentré chez lui.

ↄ⬓

Et demain a fini par arriver. Cet après-midi-là, Picasso m'a emmenée faire le tour de l'île dans son vieux camion Chevrolet, et je l'ai vue comme jamais auparavant. J'ai eu l'impression d'être une touriste. Martha's Vineyard était pleine de coins pittoresques, de panoramas qui me surprenaient et me ravissaient sans arrêt.

Nous avons terminé à Gay Head Cliffs, si beau, si plein de couleurs. Matt m'a rappelé que Tashtego, dans *Moby Dick*, était un harponneur indien natif de l'île. Je crois que je l'avais oublié.

Deux jours plus tard, après son travail dans la maison, nous sommes allés faire une autre promenade.

Et deux autres jours plus tard, nous avons visité ensemble l'île de Chappaquiddick. Il y avait sur la plage une petite pancarte, où on lisait : « NE DÉRANGEZ PERSONNE, MÊME LES PALOURDES. » Nous avons pris soin de respecter l'interdiction.

Je sais que cela peut paraître étrange, mais j'aimais vraiment être dans le camion en compagnie de Matt. Je l'ai regardé et j'ai pensé : *Je suis avec cet homme et il est très sympathique. Nous sommes sur le chemin d'une aventure.* Je n'avais rien ressenti de tel depuis longtemps. Cela me manquait.

C'est à ce moment précis qu'il s'est tourné vers moi et m'a demandé à quoi je pensais.

— À rien. Je regardais le paysage, ai-je répondu. J'avais le sentiment d'être prise en faute.

Il a insisté :

— Si je devine le fond de votre pensée, vous me le direz ?

— Bien sûr.

— Voyons… a-t-il dit en souriant.

— Mais si vous vous trompez, nous ne nous reverrons jamais, l'ai-je interrompu. De sacrés enjeux !

— Je serai toujours là à repeindre votre maison.

— Et vous ne bâclerez pas le boulot, histoire de vous venger ?

Il a feint d'être offensé :

— Je suis un artiste ! On ne m'appelle pas Picasso pour rien !

Il m'a fait un clin d'œil, puis a ajouté :

— Vous étiez en train de penser à nous.

Je n'ai pas pu bluffer et je me suis sentie rougir :

— Peut-être que oui.

Il a levé les bras au ciel :

— Oui ! s'est-il écrié. Alors ?

— Alors, gardez les mains sur le volant.

— Qu'aimeriez-vous faire demain ?

J'ai pouffé, non sans me dire que cela m'arrivait souvent en sa compagnie.

— Je n'en ai pas la moindre idée ! Je comptais donner à Gus le bain dont il a bien besoin, faire quelques courses et louer une vidéo, pourquoi pas *Le Prince des Marées*.

— Parfait ! Parfait ! J'ai adoré le livre de Conroy, comme tout ce qu'il écrit. Je n'ai jamais pu me décider à aller voir le film, j'avais peur qu'ils n'aient tout bousillé. Si vous voulez de la compagnie, je serai ravi d'être là.

J'ai bien dû reconnaître que la présence de Matt Harrison était très distrayante. Il était le parfait opposé de Michael Bernstein, mon ex-ami de Boston, qui ne faisait jamais rien sans raison, ne prenait jamais un jour de congé, et n'aurait sans doute jamais emprunté une petite route simplement parce qu'elle était là.

Matt était tout le contraire. Il semblait s'intéresser à des milliers de choses : il était jardinier, ornithologue, grand lecteur, excellent cuisinier, joueur de basket, cruciverbiste accompli et, bien entendu, remarquable peintre en bâtiment.

Je me souviens qu'à un moment j'ai jeté un coup d'œil à ma montre – non parce que je souhaitais que notre balade prenne fin, loin de là ! J'espérais au contraire qu'elle se prolongerait indéfiniment ! Je me sentais si heureuse, rien qu'à me promener avec lui, sans but.

Je me suis imprégnée de tout ce qui nous entourait : les algues, le ciel d'un bleu éclatant, la plage, le rugissement de l'océan. Mais surtout de Matt. Sa chemise fraîchement repassée, son jean, sa peau d'un brun rosé, ses cheveux un peu longs.

Il m'arrivait quelque chose de très agréable.

Peut-être te demandes-tu, Nicolas, ce qu'il était advenu de l'autre Matt, Matt Wolfe, l'avocat? Je l'avais plusieurs fois appelé, mais n'avais jamais eu affaire qu'à son répondeur, et il ne m'a pas recontactée. Mais c'est une petite île et peut-être savait-il déjà.

෪

Nico,

Au cours des deux semaines qui ont suivi, j'ai revu Matt Harrison chaque jour. Je ne pouvais y croire. Je me suis pincée plus d'une fois. Je souriais aux anges.

Un samedi matin, il m'a demandé :

— Êtes-vous déjà montée à cheval? Je parle sérieusement.

— Je crois que oui, quand j'étais petite.

— Excellente réponse, car vous allez redevenir une enfant. Et tout de suite, aujourd'hui même. À propos, avez-vous déjà monté un cheval bleu ciel, rayé de rouge, avec des sabots dorés?

Je l'ai regardé et j'ai secoué la tête :

— Je m'en souviendrais.

— Je sais où en trouver un. À vrai dire, je sais où vit cette espèce particulière.

Nous nous sommes rendus en voiture à Oak Bluffs, et ils étaient bel et bien là. Quel spectacle ! Des dizaines de chevaux aux couleurs vives, rassemblés en cercle, sous le plafond le plus éblouissant que j'aie jamais vu. Des chevaux sculptés, aux narines rouges, aux yeux de verre noir, qui galopaient à n'en plus finir.

Matthew m'avait amenée au Flying Horses, le plus vieux manège du pays. Il était toujours ouvert aux enfants de tout âge.

Nous sommes montés au moment où la plate-forme se mettait à tourner sous nos pieds. Je suis grimpée sur un cheval argenté, qui montait et descendait, pendant que la musique jouait. Je suis tombée sous le charme du manège. Matt a tendu la main pour tenir la mienne et a même tenté de me dérober un baiser, ce qu'il a fort bien réussi. Quel cavalier !

— Où avez-vous appris à monter comme ça, cowboy ? lui ai-je demandé tandis que nous tournions en rond.

— Je pratique depuis des années ! À dire vrai, j'ai pris des leçons ici dès l'âge de trois ans. Vous voyez ce cheval bleu comme le ciel, un peu devant nous ?

— Oui.

— Il m'a désarçonné deux ou trois fois. J'ai pris de sacrés gadins ! C'est pourquoi je tenais à ce que vous montiez celui-là, la première fois, il est de bon tempérament, et revêtu d'une superbe couche de laque.

— Il est superbe, Matt. Quand j'étais enfant, j'ai bel et bien fait du cheval. Ça me revient. Je me promenais avec mon grand-père aux environs de Goshen, dans l'État de New York. C'est drôle que je me rappelle ça maintenant.

Les souvenirs sont comme des charmes, Nico. Chacun est particulier. On les rassemble un à un, et puis un jour on se rend compte qu'ils constituent les pierres d'un bracelet.

À la fin de cette journée, je possédais le premier de ces charmes, dans ce qui devait être une longue série consacrée à Matthew Harrison.

KATIE

Jamais Katie n'oublierait sa première rencontre avec Matt. C'était dans l'agréable petit bureau qu'elle occupait dans la maison d'édition où elle travaillait, et cela faisait des jours qu'elle attendait cette entrevue avec impatience. Elle avait adoré les *Chants d'un peintre en bâtiment*, qui lui semblaient condenser magiquement toute une expérience vécue en poèmes émouvants et pleins de force. Il parlait de la vie quotidienne – travailler au jardin, repeindre une maison, enterrer un chien, avoir un enfant –, que le choix de ses mots évoquait à la perfection. Elle était tout étonnée d'avoir pu découvrir une telle œuvre.

Elle le fut davantage encore quand il fit son apparition. Non : pétrifiée. Son cerveau et son système nerveux semblaient focalisés sur l'image devant elle – le poète, *l'homme*. Katie sentit son cœur battre, et pensa : *Mon Dieu ! Prudence, prudence !*

Il était plus grand qu'elle – pas loin du mètre quatre-vingt-dix. Il avait un joli nez, un menton volontaire, son visage faisait penser à ses poèmes. Il avait des cheveux bruns un peu longs, lustrés, le bronzage de ceux qui travaillent au grand air. Il souriait : elle espéra que ce n'était pas à cause de sa propre taille, de sa gaucherie ou de l'air un peu perdu qu'elle avait – mais comment faire autrement ?

Ce soir-là, ils dînèrent ensemble et, galamment, il la laissa payer. Un peu plus tard, il tint à régler leurs consommations dans un bar chic. Ensuite, ils se rendirent dans un club de jazz de l'Upper West Side. À 3 heures du matin, il la raccompagna jusque chez elle, s'excusa longuement, lui donna un merveilleux baiser sur la joue puis repartit en taxi.

Katie resta un long moment devant l'entrée de son immeuble et parvint finalement à reprendre son souffle, pour la première fois depuis qu'il était entré dans son bureau. Elle tenta de se souvenir : Matt Harrison était-il marié ?

Le lendemain matin, il était de retour dans son bureau, pour travailler, mais à midi tous deux s'éclipsèrent pour aller déjeuner et ne revinrent pas de la journée. Ils allèrent dans des musées – de toute évidence il s'y connaissait, sans pour autant faire étalage de son savoir. *Qui donc est-il ?* se répétait-elle. *Pourquoi suis-je en train de ressentir ce que je ressens ?* Puis : *Pourquoi est-ce que je ne ressens pas cela en permanence ?*

Ce soir-là, il vint chez elle, et elle demeura tout aussi stupéfaite de voir que quelque chose se passait. Elle avait auprès de ses amies la fâcheuse réputation d'être incurablement romantique et bien trop vieux jeu question sexe. Et pourtant elle était là avec ce peintre en bâtiment et poète venu de Martha's Vineyard, beau et terriblement sexy. Il ne l'avait aucunement draguée – en fait, il semblait presque aussi surpris qu'elle.

— Hum, hum, hum, fit-elle, et tous deux eurent un rire gêné.

— C'est exactement ce que je pensais, répondit-il.

Cette nuit-là, ils firent l'amour pour la première fois, et il lui fit remarquer la musique de la pluie qui tombait dans la rue, sur le toit, sur les arbres dehors. Un son superbe, mais ils eurent tôt fait de l'oublier, comme tout le reste, excepté le besoin ardent que chacun avait de l'autre.

Il était si naturel, si plein d'aisance, si bon amant, que Katie en fut un peu effrayée. On aurait dit qu'il la connaissait depuis très longtemps. Il savait comment la serrer dans ses bras, quand et comment la toucher, quand attendre que tout en elle explose. Elle adora sa manière d'embrasser doucement ses lèvres, ses joues, sa gorge, son dos, ses seins… tout.

— Tu es merveilleuse, et tu le sais, n'est-ce pas ? chuchota-t-il avant de sourire. Tu as un corps si délicat, des yeux magnifiques… et j'adore ta tresse.

— Comme ma mère ! répondit Katie.

Elle la dénoua et laissa ses longs cheveux couler sur ses épaules.

— Hmmm… Comme ça, j'aime aussi, dit Matt, en lui adressant un clin d'œil.

Le lendemain matin, quand il quitta l'appartement, Katie eut l'impression de n'avoir jamais connu d'homme comme lui, ni éprouvé une telle intimité avec quelqu'un.

Matt lui manquait déjà ! C'était absurde, complètement ridicule, et ne lui ressemblait nullement ; mais c'est bien ce qui se passait.

Quand elle arriva à son bureau, il y était déjà, à l'attendre. Le cœur de Katie faillit cesser de battre.

— Nous ferions mieux de nous mettre au travail, dit-elle. Et sérieusement !

Il ne répondit rien, ferma la porte et l'embrassa jusqu'à ce qu'elle ait le sentiment de se liquéfier.

Puis il la regarda et dit :

— J'avais à peine quitté ton appartement, que tu me manquais.

LE JOURNAL

Nicolas,

Je me souviens de tout cela comme si c'était hier. Ces sentiments sont toujours aussi vibrants, aussi vivants. Matt et moi roulions en Jeep, sur la route qui va de Vineyard Haven à Edgartown. Gus était avec nous, sur le siège arrière ; il ressemblait à l'un de ces lions qui gardent l'entrée de la Bibliothèque publique de New York.

— Il n'y a pas moyen d'accélérer ? a demandé Matt en tambourinant sur le tableau de bord. J'irais plus vite à pied !

Je dois bien reconnaître que je suis une conductrice très lente. Matt avait découvert mon premier défaut.

— J'ai eu un prix de bonne conduite quand j'ai passé mon permis à Cornwall. J'ai accroché le diplôme sous celui de mon doctorat.

Il a ri et roulé des yeux. Il semblait apprécier toutes mes petites plaisanteries.

Nous allions chez sa mère ; Matt pensait qu'il serait intéressant que je fasse sa connaissance.

Intéressant ? Qu'est-ce que cela voulait dire ?

— Oh, bon sang de bonsoir ! s'est-il écrié à ce moment-là.

Sa mère était sur le toit de la maison, à réparer l'antenne télé. Nous sommes sortis de ma vieille Jeep, et Matt a lancé :

— Maman, voici Suzanne, et Gus le chien merveilleux. Suzanne, voici ma mère, Jane. C'est elle qui m'a appris à tout réparer dans la maison.

— Heureuse de vous rencontrer, Suzanne, a-t-elle répondu. Et toi aussi, Gus ! Il y a des sièges pour vous trois dans la véranda. Je suis là dans un instant.

— Si tu ne te casses pas les deux jambes en tombant du toit ! a dit Matt. Heureusement, nous avons un bon médecin sous la main !

— Je ne tombe pas des toits, a répondu sa mère. Seulement des échelles !

Matt et moi sommes allés nous asseoir autour d'une table en fer forgé, Gus a préféré rester dans la cour. Au nord, la maison donnait sur le port. Au sud, sur des champs de maïs et des bois comme on en voit dans le Maine.

— C'est magnifique ! C'est ici que vous avez grandi ?

— Non, je suis né à Edgartown. Ma mère a acheté cette maison quelques années après la mort de mon père.

— Je suis désolée, Matt.

Il a haussé les épaules :

— C'est une des choses que nous avons en commun, je crois.

— Pourquoi ne pas m'en avoir parlé ?

— Je crois qu'en fait c'est parce que je n'aime pas évoquer les choses tristes, a-t-il répondu en souriant. Tel est mon grand défaut ! À quoi bon, puisqu'elles appartiennent au passé ?

Sa mère a fait brusquement son apparition, avec du thé glacé et un plateau chargé de cookies.

— Je promets de ne pas chercher à vous tirer les vers du nez, Suzanne ! Nous sommes toutes deux trop adultes pour ça, a-t-elle dit. Mais j'adorerais vous entendre parler de vos patients. Le père de Matthew était médecin, voyez-vous.

J'ai regardé Matt. Il ne me l'avait pas dit.

— Il est mort quand j'avais huit ans, je ne me souviens pas de grand-chose.

— Il est très réservé sur certains sujets, Suzanne. Il a beaucoup souffert de la mort de son père, croyez-moi ! Il pense que cela mettrait les gens mal à l'aise.

Elle a cligné de l'œil, il a fait de même. On voyait qu'ils étaient très proches, ce qui était agréable.

— Jane, parlez-moi de vous. À moins que vous aussi vous ne soyez quelqu'un de réservé ?

— Oh que non ! Je suis un livre ouvert. Que voulez-vous savoir ?

Jane était artiste peintre. Elle m'a guidée dans la maison et m'a montré quelques-unes de ses œuvres. Certaines étaient vraiment réussies ; j'en savais assez pour être sûre qu'elles auraient pu se vendre dans bien des galeries, y compris à New York. Elle avait aussi encadré une citation de Grandma Moses : « Je peins de haut en bas. D'abord le ciel, puis les montagnes, puis les collines, puis le bétail et, enfin, les gens. »

Quand je l'ai complimentée, elle a répondu :

— Je me souviens d'un dessin humoristique : un couple est devant un Jackson Pollock, dont le prix est affiché : un million de dollars. Le mari se tourne vers sa femme et dit : « Au moins, le prix est facile à comprendre ! »

Elle avait un grand sens de l'humour. Matt tenait beaucoup d'elle.

La soirée a succédé à l'après-midi et, pour finir, Matt et moi sommes restés à dîner. Nous avons même eu le temps de nous pencher sur un très vieil album, rempli de photos du temps où il était enfant.

Il était si mignon ! Il avait tes cheveux blonds, Nicolas, et cet air filou que tu prends parfois.

— Pas de fesses nues sur une peau d'ours ? ai-je demandé à Jane.

— Regardez de près, vous en trouverez bien une. Les siennes sont très jolies. Si vous ne les avez pas encore vues, vous devriez lui demander.

— Le spectacle est terminé ! s'est exclamé Matt. Il est temps de rentrer !

Jane a pris un air faussement boudeur :

— Nous en arrivions juste aux choses intéressantes ! Tu n'es vraiment qu'un rabat-joie.

Il était près de 23 heures quand nous sommes finalement partis. Jane m'a prise dans ses bras et a chuchoté :

— Il n'amène jamais personne, donc il doit bien vous aimer. Ne lui faites pas de mal. Il est très sensible, Suzanne. C'est quelqu'un de bien.

Matt était déjà dans la Jeep :

— Hé ! Arrêtez un peu, toutes les deux !

— Il fallait bien que je lui dise la vérité ! Suzanne en sait déjà assez sur toi pour te laisser tomber.

ଔ

C'était en effet sans doute trop tard – pour moi. J'étais tombée amoureuse de Matthew Harrison. Je ne pouvais le croire, mais c'est bien ce qui se passait.

Le Hot Tin Roof est un night-club assez amusant d'Edgartown, près de l'aéroport. Matt et moi nous y sommes rendus un vendredi soir, pour manger des huîtres et écouter du blues. Je serais allée n'importe où avec lui, de toute façon.

Des célébrités locales allaient et venaient dans le bar : Carly Simon, Tom Paxton, William Styron et sa femme Rose. Matt avait pensé que ce serait amusant de s'asseoir et de les observer. En effet.

— Un petit slow ? a-t-il demandé quand nous avons eu notre content d'huîtres et de bière glacée.

— Comment ? Mais personne ne danse, Matt. Ce n'est pas le genre de l'endroit.

— C'est ma chanson préférée, et j'adorerais danser avec toi…

J'ai rougi, ce qui m'arrive rarement. Il m'a chuchoté :

— Allons, allons ! Personne ne le dira aux autres médecins de l'hôpital.

— D'accord. Mais rien qu'une fois.

— Une danse en entraîne toujours une autre.

Nous avons donc dansé, et les regards se sont tournés vers nous. Qu'est-ce que j'étais en train de faire ? Qu'est-ce qui m'arrivait ? En tout cas, c'était très agréable.

— Ça va ? a demandé Matt.

— Tu le sais bien ! Quelle est cette chanson ?

— Je n'en sais rien, Suzanne. En fait, je voulais simplement un prétexte pour te serrer contre moi.

Et il m'a serrée un peu plus fort. J'adorais, j'adorais, j'adorais être dans ses bras ! Je sais bien que ça fait fleur bleue ! Mais que dire ? Je me sentais un peu prise de vertige pendant que nous tournions au rythme de la musique.

— J'ai une question, a-t-il chuchoté à mon oreille.

— Je t'écoute, ai-je répondu sur le même ton.

— Qu'est-ce que tu penses de nous ? Enfin, jusqu'à présent ?

Je l'ai embrassé :

— Quelque chose comme ça.

Il a souri :

— C'est ce que je pense aussi.

— Je me sens bien.

— J'ai vécu avec quelqu'un pendant trois ans. Nous nous sommes rencontrés à la fac. Mais Martha's Vineyard ne lui convenait pas.

— Moi, quatre ans. Avec un autre médecin.

Matt s'est penché et m'a embrassée doucement.

— Suzanne, accepterais-tu de venir chez moi ? J'ai envie de danser encore.

Je lui ai répondu que j'adorerais ça.

J'ai fait pour la première fois ce clin d'œil qu'il appelle désormais « le fameux clin d'œil à la Suzanne ». Ça lui a beaucoup plu.

CB

La maison de Matt était de style victorien, et couverte d'un lierre un peu tarabiscoté qui recouvrait les avant-toits et adoucissait les contours. Les treillages, les balustrades, les surplombs semblaient avoir été prélevés sur un gâteau de mariage, puis délicatement placés tout autour du toit.

C'était la première fois que j'étais invitée chez lui et, subitement, je me suis sentie nerveuse. J'avais la bouche sèche, un peu cotonneuse. C'était aussi la première fois depuis Michael que je me retrouvais avec quelqu'un – et le souvenir de cette histoire me restait douloureux.

Nous sommes entrés et j'ai aussitôt remarqué la bibliothèque. La pièce avait été refaite pour ne plus abriter que des rayonnages. Il y avait là des milliers de livres. Scott Fitzgerald, John Cheever, Virginia Woolf, Anaïs Nin, Thomas Merton, Doris Lessing… Un mur entier était consacré aux poètes : W. H. Auden, Wallace Stevens, Hart Crane, Sylvia Plath, James Wright, Elizabeth Bishop, Robert Hayden, et beaucoup, beaucoup d'autres. Il y avait aussi une vieille mappemonde, un bateau d'enfant dont les voiles tachées pendaient piteusement, des accessoires de marine en laiton, une grande table en bois de pin, couverte de blocs et de papiers.

— J'adore cette pièce ! Je peux regarder ?

— Moi aussi, elle me plaît. Bien sûr !

J'ai été surprise par un titre que j'ai lu sur un amas de pages : *Chants d'un peintre en bâtiment*, par Matthew Harrison.

Matt, un poète ? Il ne m'en avait rien dit. Il n'aimait vraiment pas parler de lui ! Quels étaient donc ses autres secrets ?

— Ah, oui, a-t-il remarqué paisiblement. Je griffonne un peu, rien de plus. Ça m'a pris quand j'avais seize ans, et j'essaie d'y travailler depuis que j'ai quitté la fac. J'ai un diplôme d'anglais, et de peinture en bâtiment. Non, je plaisante. Tu écris, Suzanne ?

— Pas vraiment. Mais je pensais à commencer un journal.

ఴ

Dans le sud de la France, on dit qu'il y a une nuit spéciale, celle des étoiles filantes : tout est parfait, magique, elles semblent jaillir du ciel.

C'est ce qui s'est passé pour nous ; il y avait tant d'étoiles que je me croyais au Paradis.

— Allons jusqu'à la plage, a proposé Matt. J'ai une idée.

— J'ai remarqué que tu en avais beaucoup.

— Ce doit être le poète en moi.

Il a pris une vieille couverture, son lecteur de CD, et une bouteille de champagne. Nous avons emprunté un chemin ondulant à travers de hautes herbes, pour arriver au bord de l'eau.

Il a débouché le champagne, qui a pétillé dans l'air. Puis il a enclenché le lecteur et la musique de Debussy est montée en tournoyant dans le ciel étoilé.

Lui et moi avons dansé, avec l'impression d'être ailleurs. Nous avons tournoyé au rythme des vagues, en laissant sur le sable d'improbables traces de pas. J'ai caressé sa nuque et son dos du bout des doigts, passé les mains dans ses cheveux.

— Je ne te savais pas si bon valseur.

— Moi non plus.

Nous sommes rentrés très tard, mais je ne me sentais pas fatiguée. Bien au contraire, j'étais plus éveillée que jamais.

J'avais l'impression de danser encore, de flotter, de chanter intérieurement. Je ne m'y attendais pas. Pas en ce moment. Ma crise cardiaque dans le jardin public semblait à des années-lumière.

Matt a doucement pris ma main et m'a conduite à l'étage, qu'il avait transformé en une pièce unique, avec des lucarnes par lesquelles le ciel nocturne semblait s'engouffrer tout entier. Il a remis de la musique.

Sarah Vaughan. Parfait.

Il m'a dit qu'il pouvait compter les étoiles filantes de son lit :

— Une fois, j'en ai dénombré seize. Un record !

Il est venu vers moi, très lentement, en m'attirant vers lui comme un aimant. J'ai senti qu'il défaisait les boutons de mon corsage, mes cheveux se sont dressés sur ma nuque. Ses doigts ont glissé jusqu'au bas de mon dos, tout doucement. Il a ôté mon corsage, que j'ai vu flotter vers le sol, plume sous la brise.

J'étais contre lui, si proche, respirant à peine, me sentant légère, prise de vertige, sous le charme.

Il a posé les mains sur mes hanches, m'a soulevée et déposée très doucement sur son lit. Je l'ai regardé dans les ombres de la lune. Je l'ai trouvé si beau. *Comment cela a-t-il pu se produire ? Pourquoi ai-je tant de chance, tout d'un coup ?*

Il s'est allongé près de moi… Je n'en dirai, je n'en écrirai pas davantage.

ভ

Cher Nico,

Quand tu grandiras, j'espère que tu auras tout ce que tu désires, mais surtout l'amour. Quand il est authentique, il peut te donner une joie qu'aucune autre expérience ne te procurera jamais. J'ai été amoureuse, je le suis toujours, je sais donc de quoi je parle. J'ai aussi connu de longues périodes sans amour, et la différence est énorme.

Nous est toujours tellement mieux que *moi*.

N'écoute pas ceux qui te diront le contraire. Et ne deviens jamais cynique, Nico. Tout, mais pas ça !

Je regarde tes petites mains, tes petits pieds. Je compte et recompte tes orteils, comme s'ils étaient les perles d'un précieux collier. J'embrasse ton ventre jusqu'à ce que tu éclates de rire. Tu es si innocent.

Reste-le toujours quand tu seras amoureux. Regarde-toi ! Comment puis-je avoir autant de chance ? J'ai le bébé parfait ! Ton nez, ta bouche, tes yeux, ton sourire… Je vois déjà ta personnalité s'épanouir, c'est dans tes yeux. À quoi penses-tu en ce moment ? Au mobile au-dessus de ta tête ? À ta boîte à musique ? Papa dit qu'en fait tu songes déjà aux filles, aux outils, aux belles voitures. Sans oublier les gâteaux d'anniversaire : – C'est un vrai garçon, Suzanne !

C'est vrai, et c'est sans doute une bonne chose. Mais sais-tu ce que tu aimes le plus ? Les ours en peluche. Tu es si doux et si tendre avec les tiens.

Papa et moi évoquons toujours en riant les bonnes choses qui t'attendent. Mais ce que nous voulons surtout pour toi, c'est l'amour, et qu'il soit toujours autour de toi. C'est un cadeau. Si je peux, j'essaierai de t'enseigner comment le recevoir. Vivre sans amour, c'est vivre sans bonheur, la chose qui compte le plus dans la vie.

Nous est tellement mieux que *moi*.

Si tu en veux la preuve, regarde-nous !

ભ

— C'est Matt ! Bonjour ! Il y a quelqu'un ? Suzanne, tu es là ?

On frappait à la porte de ma cuisine avec une insistance agaçante – un peu comme l'arrivée inattendue d'une cousine de province. Je suis allée ouvrir, et suis restée figée, bouche bée.

Mon visiteur n'était autre que Matt Wolfe.

Derrière lui, sur le chemin d'accès, j'ai aperçu sa Jaguar décapotable verte.

Où était-il donc passé ? Il ne m'avait pas rappelée.

— Bonjour ! Tu as l'air en grande forme, Suzanne. Franchement superbe !

Il s'est penché et je l'ai laissé me donner un baiser sur la joue.

Je n'avais aucune raison de me sentir coupable, c'était pourtant le cas.

— Bonjour, Matt. Comment vas-tu ? Je viens juste de préparer du thé, entre donc.

Ce qu'il a fait, s'installant dans un endroit ensoleillé de la cuisine, prenant une pose avantageuse.

Ne lui fallait-il pas, après tout, rattraper le temps perdu ?

— J'ai été absent tout le mois ou presque, Suzanne. Je voulais rappeler, mais j'étais en pleine embrouille juridique, et malheureusement ça se passait en Thaïlande.

Il a souri :

— Et tu sais… enfin, le bla-bla habituel. Que deviens-tu ? Manifestement, tu as pris le soleil. Tu as une mine superbe !

— Merci… toi aussi.

Il fallait que je lui parle. Et j'ai décidé de lui donner la version non expurgée de ce qui se passait dans ma vie.

Il a écouté, souriant parfois, s'agitant nerveusement à d'autres moments. Je voyais bien qu'il accueillait tout cela mi-figue mi-raisin. Mais il était très attentif, et quand j'en ai eu fini, il s'est levé et m'a serrée dans ses bras.

— Suzanne, je suis heureux pour toi.

Il a eu un sourire :

— Je savais bien que je n'aurais pas dû m'éloigner. Et ce qui aurait pu m'arriver de mieux m'a filé entre les doigts, une fois de plus !

J'ai éclaté de rire ; je commençais à me rendre compte que Matt Wolfe avait un petit côté filou.

— Matt, tes flatteries me sont très agréables. Tu es un véritable ami et je t'en remercie. Tu es toi-même.

— Hé, quitte à perdre le Grand Prix, autant garder un peu de dignité. Mais je te préviens, Suzanne, si ce gars flanche, ou si je discerne une faille dans le barrage, je reviendrai !

Nous avons ri, et je l'ai raccompagné jusqu'à sa Jaguar. Je savais qu'en fait tout irait bien pour lui. Je doutais qu'il soit allé seul en Thaïlande. De plus, il m'avait laissée sans nouvelles pendant près d'un mois.

Je l'ai regardé monter dans cette voiture dont il était si fier.

— Je crois que vous vous entendrez bien, tous les deux, ai-je lancé depuis la véranda. Je crois même que les deux Matt s'apprécieront beaucoup.

— Super ! Car en plus, il faut que je le trouve sympathique ? a-t-il rétorqué.

Avant de faire tourner le moteur, il a ajouté :

— Il s'y connaît question duel, on dirait !

ભ

— Qu'est-ce qui se passe, Suzanne ? Raconte-moi tout. Je veux le scoop ! Je sais qu'il se passe quelque chose, insistait ma voisine, Mélanie Bone. Je le sens !

Elle avait raison. Je ne lui avais pas dit ce qui se passait entre Matt et moi, mais il lui suffisait de lire mon visage, ou même ma démarche.

Nous marchions le long de la plage, tandis que les filles et Gus faisaient les fous devant nous.

— Tu es très perspicace, ai-je dit. Et fouineuse !

— Je le sais déjà. Dis-moi des choses que j'ignore. Raconte-moi tout !

Je n'ai pu résister davantage. Il fallait que ça sorte tôt ou tard.

— Je suis amoureuse, Mel, comme jamais de ma vie. Je suis folle amoureuse de Matt Harrison. Je ne sais pas ce que nous allons devenir !

Elle a pouffé et battu des mains. C'était très mignon. Une véritable amie !

— C'est vraiment parfait, Suzanne. Je savais que c'était un bon peintre, mais j'ignorais qu'il avait d'autres talents.

— Tu savais qu'il était poète ? Et très bon poète !

— Tu plaisantes !

— Un grand danseur ?

— Ça, ça ne me surprend pas. Il se déplace si bien sur les toits. Comment est-ce arrivé ? Comment êtes-vous passé de la peinture à ça ?

Je me suis mise à glousser et j'ai vraiment eu l'impression d'être une écolière. Après tout, des choses de ce genre arrivent rarement aux femmes adultes.

— Je lui ai parlé un soir, chez Harry.

Mélanie a levé un sourcil :

— Tiens donc. Autour d'un hamburger ?

— Je peux lui parler de tout, Mélanie. Jamais cela ne s'était passé ainsi avec aucun homme. Il écrit même des poèmes. C'est très terre à terre et en même temps ça te passe parfois au-dessus de la tête. Il est passionné… parfois un peu trop.

Elle m'a serrée dans ses bras :

— Suzanne, ça y est ! Félicitations ! Tu es devenue folle pour de bon !

Nous avons ri comme des gamines, puis nous sommes rentrées avec les filles et Gus. Ce matin-là, chez elle, nous avons parlé de tout pendant des heures, des premiers flirts aux premières grossesses. Mélanie m'a avoué qu'elle voulait avoir un cinquième enfant, ce qui m'a sidérée. Pour elle, c'était aussi facile que de remplir un placard. Elle maîtrisait sa vie comme les épiciers ont des rayons pleins de conserves. Bien achalandés, bien en ordre.

Ce matin-là, Nicolas, moi aussi j'ai pensé à avoir des enfants. Je savais que ce serait risqué, en raison de mes problèmes cardiaques, mais peu m'importait. Peut-être quelque chose en moi savait-il déjà que tu serais là un jour. Un petit espoir. Un profond désir. Ou bien, tout simplement, le caractère inévitable de l'amour entre deux êtres.

Et c'est toi qui es venu.

&

Il arrive de vilaines choses, Nicolas. Parfois elles n'ont aucun sens. Parfois elles sont injustes. Parfois elles sont franchement horribles.

Le camion rouge a émergé du tournant à plus de 80 kilomètres heure, mais tout s'est déroulé comme au ralenti.

Gus traversait la route en direction de la plage, où il aime faire la course avec les vagues et aboyer à l'intention des mouettes. C'était le mauvais moment.

J'ai tout vu. J'ai voulu crier pour l'avertir, mais il était déjà sans doute trop tard.

Le camion est sorti du virage à toute allure. J'ai eu l'impression de sentir l'odeur de caoutchouc des pneus quand ils ont glissé sur le goudron brûlant, puis j'ai vu le pare-chocs heurter Gus.

À une seconde près, il échappait à ce métal impitoyable.

Si le camion était allé moins vite, il l'aurait manqué.

Ou si Gus avait été un peu plus jeune, un peu plus vif, rien ne serait arrivé.

C'était comme un abominable cauchemar, ou comme quand un rocher heurte le pare-brise d'une voiture qui passe.

Gus était étendu, comme un chiffon, sur le bord de la route. Quelques instants auparavant, quand il se dirigeait vers la mer, il avait l'air si insouciant.

— Non ! ai-je hurlé. Le camion s'était arrêté, deux jeunes d'une vingtaine d'années, mal rasés, en sont sortis, tous deux avec des bandanas sur la tête. Ils ont contemplé le désastre.

— Je suis navré, je ne l'avais pas vu, a bégayé le chauffeur en regardant le pauvre Gus.

Je n'avais pas le temps de réfléchir, de discuter, de l'injurier. J'avais simplement besoin de trouver de l'aide.

J'ai jeté mes clés de voiture au camionneur :

— Ouvrez l'arrière de ma Jeep ! ai-je lancé, tout en prenant doucement Gus, dans mes bras. Il était lourd, flasque, mais il respirait toujours.

Je l'ai déposé dans la voiture, ensanglanté et tout faible. Son regard si doux était aussi lointain que les nuages. Puis il m'a vue. Il a geint de manière pitoyable, et mon cœur s'est brisé en mille morceaux.

— Ne meurs pas, Gus, ai-je chuchoté. Tiens bon, mon gars, ai-je ajouté en démarrant. Surtout, ne m'abandonne pas !

J'ai appelé Matt en route, sur mon portable ; il m'a retrouvée chez la vétérinaire. Le Dr Pugatch s'est occupé de Gus aussitôt, peut-être parce qu'elle voyait à quel point j'avais l'air désespérée.

— Le camion allait beaucoup trop vite, Matt, ai-je dit. Je revivais la scène, dans les moindres détails. Il était encore plus furieux que moi :

— C'est ce fichu virage. Chaque fois que tu pars en voiture, je m'inquiète. Il faudra que j'aménage un nouveau chemin d'accès, de l'autre côté de la maison, comme ça tu pourras voir la route.

— C'était tellement horrible ! Gus était là quand…

Je me suis interrompue. Je n'avais toujours pas parlé à Matt de ma crise cardiaque. Gus savait, mais pas lui. Il faudrait que je lui raconte.

— Allons, Suzanne, tout ira bien.

Matt m'a serrée contre lui, et c'était si bon. Je me suis blottie contre sa poitrine et n'ai plus bougé. Puis je l'ai senti trembler un peu. Gus et lui étaient devenus bons amis ; désormais c'est lui qui jouait à la balle avec mon chien.

Deux heures plus tard, la vétérinaire est revenue. Il s'est écoulé une éternité avant qu'elle ne parle. Maintenant, je saurai ce que mes patients ressentent quand j'hésite ou ne trouve pas mes mots. Leur visage a l'air calme, mais leur corps les trahit. Il faut absolument qu'ils soient soulagés de leur anxiété par de bonnes nouvelles, rien que de bonnes nouvelles.

Le Dr Pugatch a fini par dire :

— Suzanne, Matt… Je suis navrée, absolument navrée. Gus n'a pas survécu.

Je me suis mise à sangloter, mon corps tout entier tremblait. Gus avait toujours été avec moi, pour moi. Il était mon bon copain, mon compagnon de chambrée, mon partenaire de jogging, mon confident. Cela faisait quatorze ans que nous étions ensemble.

Il arrive parfois de vilaines choses, Nicolas.

Souviens-t'en, mais souviens-toi aussi qu'il faut s'en sortir, d'une manière ou d'une autre.

Lève la tête, contemple quelque chose de beau, comme le ciel ou l'océan, puis passe à autre chose.

Ↄ

Nicolas,

Le lendemain m'est arrivée au courrier une lettre que je n'attendais pas.

Je ne l'ai pas ouverte tout de suite. Au lieu de quoi, je me demandais pourquoi Matt Harrison m'avait écrit, alors qu'il aurait pu décrocher son téléphone ou passer à la maison.

J'étais là, au bout du chemin d'accès, devant la vieille boîte aux lettres blanche patinée par le temps.

J'ai fini par ouvrir la lettre avec soin, en la tenant bien pour qu'elle ne s'envole pas au vent venu de l'océan.

Plutôt que de paraphraser, voici ce qu'elle disait, Nico. Je l'inclus dans le journal.

Chère Suzanne,

Tu es une explosion d'œillets
dans une pièce obscure.
Une odeur inattendue de pin
très loin du Maine.

Tu es la pleine lune
qui donne à minuit son sens.
Et l'explication de l'eau
à toutes les choses vivantes.

Tu es une boussole,
un saphir,
un signet,
une pièce rare,
une pierre lisse,
un marbre bleu.

Tu es un très vieux savoir,
un menu coquillage,
un dollar d'argent.
Tu es un quartz très fin,
une plume d'oie,
la breloque d'une montre aimée.

Tu es un message d'amour

froissé, relu des centaines de fois.
Tu es une médaille trouvée dans le tiroir
d'un héros autrefois fameux.
Tu es miel
et cannelle,
épices des Caraïbes,
tombées du bateau
de Marco Polo.

Tu es une rose séchée,
un collier de perles,
un flacon de parfum retrouvé près du Nil.

Tu es une âme ancienne venue d'un lieu lointain,
il y a mille ans, il y a des siècles,
il y a des millénaires.

Et tu as fait tout ce chemin
pour qu'enfin je puisse t'aimer.

Matt

Que dire, Nicolas, que ton père ne puisse mieux dire ? C'est un sacré bon écrivain, et je ne suis même pas sûre qu'il le sache.

Je l'aime tant.

Qui pourrait ne pas l'aimer ?

慓

Nico,

Dès que j'ai osé, j'ai appelé Matt – le lendemain matin, très tôt, vers 7 heures. J'étais levée depuis un moment, à me dire que j'allais lui téléphoner, répétant ce que je comptais lui déclarer. Je ne sais pas vraiment manipuler les gens ou me montrer fausse. C'est parfois un gros désavantage.

C'était vraiment dur.

C'était impossible.

Tout ce que j'ai réussi à balbutier, c'est :

— Matt ? Bonjour, c'est Suzanne. J'espère que je ne téléphone pas trop tôt. Tu peux venir ce soir ?

— Bien sûr ! En fait, j'allais t'appeler pour te le demander !

Ce soir-là, il est arrivé à la maison un peu après 19 heures, vêtu d'une chemise jaune à carreaux et d'un pantalon bleu marine – ça faisait un peu habit du dimanche pour lui.

— Suzanne, ça te dirait d'aller marcher sur la plage ? Pour qu'on admire le crépuscule ?

C'était exactement ce que je souhaitais. Il avait lu dans mes pensées.

Après avoir traversé la route, dès que nous avons foulé le sable, j'ai dit :

— Je peux parler ? Il faut que je te dise quelque chose.

— Bien sûr, a-t-il répondu en souriant. J'adore le son de ta voix.

Pauvre Matt ! J'ai craint qu'il n'aime guère ce qui allait suivre.

— Il y a quelque chose que je veux te dire depuis un moment. Je remets toujours à plus tard, je ne suis même pas sûre de savoir comment aborder le sujet.

Il a pris ma main :

— Considère que c'est fait, et continue.

— Pourquoi es-tu si bien vêtu, ce soir ?

— Parce que j'ai rendez-vous avec une femme vraiment extraordinaire. C'est de ça que tu n'oses pas parler ?

— Pas exactement. Non. Oui, enfin…

— Tu commences à me faire un peu peur.

— Désolée, Matt. Juste avant que j'arrive sur l'île…

— Tu as eu une crise cardiaque, a-t-il poursuivi d'une voix douce. Dans un jardin public à Boston, où tu as failli mourir, mais il n'en a rien été, heureusement. Et maintenant nous voilà, aussi heureux qu'on peut l'être. Je le suis, en tout cas. Je tiens ta main et je plonge mes yeux dans les tiens.

Je me suis arrêtée et l'ai contemplé, incrédule. Le soleil couchant, juste derrière son épaule, lui faisait comme un nimbe. Matt était-il un ange ?

— Comment as-tu su ? Et depuis combien de temps ?

— Avant même de venir travailler pour toi. On est sur une petite île ! Je m'attendais presque à voir une vieille infirme avec des béquilles !

— J'en ai eu, deux ou trois jours, après mon opération. Tu savais et tu ne m'as rien dit !

— J'ai pensé que ce n'était pas à moi de t'en parler, que tu me l'apprendrais quand tu serais prête. Et je crois que tu l'es, maintenant. C'est une bonne nouvelle. Ces dernières semaines, j'y ai beaucoup songé. Je suis même parvenu à une conclusion. Tu veux l'entendre ?

— Bien sûr, ai-je répondu en serrant son bras.

— Je ne peux m'empêcher d'y penser chaque fois que nous sommes ensemble. C'est une chance inouïe que tu ne sois pas morte à Boston, cela nous permet d'être réunis. De contempler le coucher de soleil. Jouer aux cartes, regarder un match de base-ball à la télé. Écouter Mozart, ou cette chanson d'amour idiote de Savage Garden que tu aimes tant. Je me dis à chaque fois : ce jour, ce moment, est vraiment exceptionnel, parce que tu es là, Suzanne.

Je me suis mise à pleurer, et il m'a prise dans ses bras. Nous sommes restés sur la plage un bon moment, blottis l'un contre l'autre, j'aurais voulu que jamais il ne me libère. Jamais, jamais. Nous étions si bien ensemble. *Ce moment n'est-il pas merveilleux ? Quelle chance j'ai !*

— Suzanne ? l'ai-je entendu murmurer, et j'ai senti son souffle contre ma joue.

— Je suis là, dans tes bras. Ce n'est pas difficile de me trouver !

— C'est bien. Je veux que tu y sois toujours. J'aime quand tu es dans mes bras. J'ai quelque chose à te dire. Suzanne, je t'aime tant. Tu me manques dès que nous sommes séparés plus d'une heure, et chaque jour, pendant que je travaille, j'attends avec impatience de te revoir le soir. Je te cherchais depuis longtemps, mais je ne le savais pas. Maintenant, c'est fait. Suzanne, veux-tu m'épouser ?

Je me suis redressée et j'ai contemplé les yeux si beaux de cet homme que j'avais trouvé je ne savais trop comment, ou qui peut-être m'avait trouvée. Je souriais sans m'en rendre compte, il y avait en moi une chaleur absolument incroyable.

— Je t'aime, Matt. Moi aussi, je t'attendais depuis longtemps. Oui, je t'épouserai.

KATIE

Katie referma le journal d'un coup sec. Il la faisait tant souffrir qu'elle ne pouvait lire plus de quelques pages à la fois. Dans sa lettre, Matt l'avait bien prévenue. *Certains passages pourront t'être pénibles.* Quel euphémisme !

Cette lecture lui imposait aussi toutes sortes de surprises. Elle devenait même jalouse de Suzanne, sentiment dont jamais elle ne se serait crue capable. Elle avait l'impression de se comporter sottement, de façon mesquine, ce qui ne lui ressemblait guère. Ou peut-être était-ce une réaction normale, vu ce qui lui était récemment arrivé d'incroyable ?

Elle ferma très fort les yeux, se sentant horriblement seule. Il fallait qu'elle parle à quelqu'un d'autre que Guenièvre et Merlin. La personne qu'elle aurait voulu le plus entendre était hélas à Martha's Vineyard, et il était hors de question de l'appeler. Elle discuterait avec ses amies, Laurie ou Gilda, mais pas avec Matt.

Elle contempla les rayonnages qu'elle avait installés dans l'appartement. Une vraie librairie, de Virginia Woolf à Harry Potter. Elle dévorait les livres depuis l'âge de sept ans, lisait tout et n'importe quoi.

De nouveau elle se sentit prise de nausées. Et elle avait froid. S'enveloppant dans une couverture, elle regarda un épisode d'*Ally McBeal* dans lequel l'héroïne fêtait son trentième anniversaire. Katie fondit en larmes ; elle était moins décalée qu'Ally et ses amis, mais le feuilleton touchait quelque chose en elle.

Elle alla s'allonger sur le sofa, sans pouvoir cesser de penser au bébé qu'elle attendait. « Tout va bien, mon petit », chuchota-t-elle. *Je l'espère, du moins.*

Elle se souvint de la nuit où elle avait dû tomber enceinte. Elle avait eu un fantasme là-dessus, avant de le repousser en pensant : jamais ça ne m'est arrivé. La seule fois où elle n'avait pas eu ses règles, c'était en fac, quand elle jouait au basket, mais c'était consécutif à une perte de poids provoquée par l'effort physique.

Lors de cette nuit avec Matt, Katie avait eu l'impression de n'avoir jamais rien connu de tel. Quelque chose avait changé entre eux.

Elle le sentait dans la manière dont il la serrait contre lui ou la regardait. Quelques-unes de ses défenses semblaient avoir cédé. *Ça y est.* Il était prêt à lui dire ce dont il n'avait pu lui parler. Matt en a-t-il eu peur ? Savait-il que ce serait notre dernière nuit ensemble ? Que s'était-il donc passé ?

Jamais elle ne s'était sentie aussi proche de lui qu'à ce moment-là. Il y avait entre eux comme un sentiment d'urgence, ils avaient tant besoin l'un de l'autre.

Elle se souvint que tout avait commencé très simplement : il avait joint les doigts aux siens, glissé un bras sous elle, puis croisé son regard. Leurs jambes s'étaient touchées, leurs corps pressés l'un contre l'autre. Le tout sans qu'ils cessent de se contempler, comme s'ils ne faisaient qu'un.

Les yeux de Matt disaient : Je t'aime, Katie. Impossible de s'y tromper.

Elle avait toujours voulu qu'il en aille ainsi, *juste comme ça.* C'était une idée, un rêve qui lui étaient venus un bon millier de fois avant de se réaliser. Il la serrait dans ses bras, et jamais elle ne pourrait oublier ces images, ces sensations.

Il était si léger au-dessus d'elle, à s'appuyer sur les coudes et les genoux. Athlétique, plein d'aisance, dominateur, aimant. Il ne cessait de répéter son prénom : *Katie, ma douce, ma Katie, Katie, Katie...*

Ça y était, elle le savait. Il était accordé à son rythme, et jamais elle n'avait connu cela avec aucun autre. Elle l'avait attiré en elle. Et le bébé était venu.

CG

Le lendemain matin, Katie sut ce qu'elle avait à faire. 7 heures… Mais ce n'était pas trop tôt. Il le fallait.

Elle appela Asheboro, nichée entre les montagnes de Caroline du Nord, où la vie avait toujours été plus simple. Et plus douce, beaucoup plus douce.

Pourquoi donc avoir quitté ma ville natale ? se demanda-t-elle pendant que résonnait la première sonnerie. Pour obéir à sa passion des livres ? Ou bien le monde qu'elle avait connu en Caroline du Nord était-il simplement trop petit ?

Sa mère répondit presque aussitôt :

— Katie ! Tu t'es levée avec les poules, aujourd'hui ! Comment vas-tu, chérie ?

Voilà désormais qu'à Asheboro, on avait ces téléphones qui vous donnent le numéro du correspondant ! Tout changeait. Pour le meilleur, pour le pire, ou peut-être entre les deux.

— Bonjour, maman. Quelles sont les nouvelles ?

— Ça va un peu mieux, aujourd'hui ? demanda sa mère, qui était au courant de tout, ou presque.

Elle avait été ravie d'apprendre que Katie et Matt comptaient se marier. Puis il l'avait quittée, et elle souffrait. Sa mère lui avait bien suggéré de venir un moment à la maison, mais Katie n'avait pas voulu. Une coriace, une fille de la ville ! Quelle comédie.

— Un peu. Oui, bien sûr… Non, en fait. Je suis un vrai désastre, je suis pitoyable. J'avais juré que jamais un homme ne me mettrait dans un état pareil, et m'y voilà !

Elle parla du journal, de ce qu'elle en avait lu jusque-là. La leçon des cinq balles. L'emploi du temps de Suzanne à Martha's Vineyard. Ses rencontres avec Matt Wolfe.

91

— Tu sais le plus bizarre, Maman ? En fait, j'aime bien Suzanne. Je suis vraiment sotte. Je devrais la détester, mais je n'y arrive pas.

— Évidemment ! Enfin, ce bon à rien de Matt a au moins du goût côté femmes, répondit sa mère, de son ton sarcastique habituel.

Elle pouvait faire preuve d'humour dans toutes les occasions, ce dont sa fille était heureuse d'avoir hérité. Mais Katie n'avait pas envie de plaisanter.

Dis-lui, dis-lui donc, raconte-lui tout, se répétait-elle.

Mais c'était impossible. Elle avait appris la nouvelle à ses deux meilleures amies à New York, Laurie Raleigh et Susan Kingsolver. Mais dire à sa mère qu'elle était enceinte… Pas moyen. Les mots refusaient de sortir de sa bouche.

Et pourquoi pas ? se demanda Katie. Mais elle connaissait la réponse. Pas question de peiner ses parents. Ils comptaient trop pour elle.

Sa mère resta silencieuse un instant. Holly Wilkinson, encore institutrice à Asheboro, était le mentor de Katie depuis toujours. Elle était là chaque fois qu'il le fallait, l'avait toujours soutenue, même quand sa fille était partie pour New York – cette ville horrible –, alors que son père n'avait plus voulu lui adresser la parole pendant près d'un mois.

Dis-lui donc ! Elle comprendra ! Elle peut t'aider !

Mais Katie en fut incapable. Les mots ne venaient pas ; elle eut l'impression qu'elle allait vomir et sentit un peu de bile sur ses lèvres.

Toutes deux discutèrent pendant près d'une heure, puis son père prit le relais. Il était un pasteur très aimé de ses ouailles, parce qu'il leur prêchait un Dieu d'amour, et non la crainte de la colère divine. Il n'avait été furieux contre sa fille qu'une fois, quand elle était partie, justement, mais il avait surmonté l'épreuve et n'y faisait plus jamais allusion.

Ses parents étaient comme ça : de braves gens. *Moi aussi, je suis ainsi,* songea Katie, qui sut que c'était vrai. De braves gens.

Pourquoi donc Matt l'avait-il quittée ? Comment avait-il pu sortir de sa vie ? Et qu'était-elle censée comprendre en lisant le journal ?

Quel obscur secret pouvait donc bien s'y dissimuler ? Matt, qui avait une épouse merveilleuse, un enfant adorable, se serait éclipsé pour avoir une liaison avec elle à New York ? Il aurait donné des coups de canif dans le contrat ? *Qu'il crève ! Qu'il crève !*

Après avoir raccroché, Katie alla s'asseoir dans son bureau, avec ses fidèles amis Guenièvre et Merlin ; tous trois se blottirent sur le sofa et contemplèrent l'Hudson par la fenêtre. Elle adorait le fleuve, qui changeait chaque jour, parfois plusieurs fois de suite. C'était une autre leçon, un peu comme celle des cinq balles.

— Qu'est-ce que je dois faire ? chuchota-t-elle au chien et à la chatte. Les larmes lui montèrent aux yeux et coulèrent sur ses joues.

Katie reprit le téléphone, tapota nerveusement le combiné puis, rassemblant tout son courage, réussit à composer le numéro.

Elle faillit raccrocher, mais attendit que le répondeur se mette en marche après plusieurs sonneries. La voix faillit la faire s'étouffer : « Bonjour, c'est Matt. Votre message est important pour moi, veuillez le laisser après le bip sonore. Merci. »

Katie en laissa un, en espérant qu'il serait important pour lui :

— Je suis en train de lire le journal.

Cela suffirait.

LE JOURNAL

Viens à notre mariage, Nico. C'est ton invitation. Je veux que tu saches exactement ce qui s'est passé le jour où ton père et ta mère ont échangé leurs vœux.

La neige tombait doucement sur l'île, les cloches sonnaient dans l'air pur et froid de décembre tandis que des dizaines de personnes frigorifiées franchissaient le seuil de l'église – la plus ancienne église baptiste du pays, et aussi l'une des plus belles.

Un seul mot pour décrire le jour de notre mariage : joie. Matt et moi en étions tous deux pris de vertiges. J'avais l'impression de flotter avec les anges sculptés aux quatre coins du plafond de la chapelle.

Et j'avais vraiment l'impression d'en être un, dans ma robe blanche cousue d'une centaine de perles luminescentes. Pour la première fois depuis quinze ans, mon grand-père est revenu sur l'île, rien que pour me conduire à l'autel. Tous mes amis médecins ont fait le trajet depuis Boston. Quelques-uns de mes patients septuagénaires sont venus aussi. L'église était pleine. Comme tu as dû le deviner, tout le monde ou presque est ami avec Matt sur Martha's Vineyard.

Il était incroyablement beau en smoking noir, les cheveux bien coupés, mais pas trop courts, les yeux vifs et brillants, et un sourire encore plus radieux que d'habitude.

Est-ce que tu vois tout ça, Nico ? Avec la neige apportée par le vent soufflant de l'océan ? C'était magnifique.

Comme nous étions devant l'autel, Matt s'est penché vers moi :

— Es-tu aussi heureuse que moi ? Comme tu es belle !

J'ai rougi, ce qui n'est pas mon habitude. Le Dr Confiance-en-Soi, le Dr Maîtrise-de-Soi, le Dr Je-Suis-Là… Mais alors que je croisais son regard, j'ai été envahie par un sentiment de fragilité dont je n'ai pu me défendre. J'ai pourtant répondu :

— Je n'ai jamais été plus heureuse, jamais aussi confiante.

Nous nous sommes mariés le 31 décembre, veille du Jour de l'an. Cette date avait quelque chose de magique pour nous, qui devenions mari et femme. J'ai eu l'impression que le monde entier fêtait l'événement avec nous.

Quelques instants après avoir dit oui, tout le monde dans l'église s'est levé pour hurler :

— Bonne année, Matt et Suzanne !

On avait soigneusement accroché au plafond des sacs de satin dont sont tombées des plumes blanches aux reflets argentés : Matt et moi étions comme perdus dans un blizzard d'anges, de nuages, de colombes. Nous nous sommes embrassés.

— Les premiers moments de ce mariage vous plaisent-ils, Mme Harrison ? m'a-t-il demandé.

Le « Madame » semblait lui plaire ; j'ai aimé l'entendre pour la première fois.

— Si j'avais su à quel point ce serait merveilleux, j'aurais tenu à ce que nous nous mariions vingt ans plus tôt, ai-je répondu.

Il a eu un grand sourire :

— Comment aurions-nous fait ? Nous ne nous connaissions pas.

— Matt ! Nous nous connaissons depuis toujours !

Je me suis souvenue de ce qu'il avait dit, le soir où il m'a proposé de l'épouser, sur la plage devant chez moi :

— Quelle chance que tu ne sois pas morte à Boston, nous sommes ensemble aujourd'hui.

J'avais une chance incroyable, ce qui m'a fait frissonner. C'est ce que j'ai ressenti, très exactement, et je suis si heureuse que, toi aussi, tu aies été là.

Nicolas,

Matt et moi sommes partis le jour du Nouvel An pour une lune de miel de trois semaines, un véritable tourbillon.

La première semaine, nous sommes allés à Lanai, dans l'archipel de Hawaii. C'est un endroit superbe, le plus beau, une île où l'on ne trouve que deux hôtels. Pas étonnant que Bill Gates y soit aussi venu en voyage de noces ! J'ai vite découvert que j'aimais Matt plus encore qu'avant. S'il n'avait tenu qu'à nous, nous n'aurions jamais quitté Lanai. Il aurait repeint des maisons, terminé son premier recueil de poèmes, j'aurais été médecin sur l'île.

Ensuite, nous sommes allés à Hana, dans l'archipel de Maui, et c'était presque aussi beau. Nous avions un mantra – *N'est-ce pas merveilleux ?* – que nous avons dû répéter des centaines de fois.

Nous avons passé la dernière semaine à Martha's Vineyard, sans voir grand monde, pas même la mère de Matt ou Mélanie Bone et ses filles. Nous savourions le bonheur tout neuf et si particulier d'être ensemble pour le reste de nos vies.

Chaque jour de notre lune de miel, Matt m'a réveillée avec un cadeau. Certains menus, d'autres extravagants, parfois il s'agissait de simples mots. Mais chaque fois, cela venait du cœur.

N'est-ce pas merveilleux ?

℘

Jamais je n'oublierai cela. Cela m'est tombé dessus comme le mal de mer. Malheureusement, Matt était déjà parti travailler, et j'étais seule dans la maison. Je me suis assise sur le rebord de la baignoire, avec l'impression que ma vie m'abandonnait.

Une sueur froide m'a coulé sur la nuque et, pour la première fois depuis plus d'un an, j'ai eu envie d'appeler un médecin. Ce qui était un peu étrange : je suis capable de faire mon propre diagnostic.

Ce jour-là, je me sentais suffisamment mal pour vouloir demander l'avis de quelqu'un d'autre, mais pas davantage. Je me suis passé de l'eau froide sur le visage, me suis dit que c'était sans doute la grippe, qui était partout. Je ne m'étais pas sentie très bien ces derniers temps.

J'ai pris quelque chose pour apaiser mon estomac, me suis habillée et suis partie travailler. À midi, j'allais beaucoup mieux ; au dîner, j'avais tout oublié.

Le lendemain matin, je me suis retrouvée assise sur le rebord de la baignoire, lasse, épuisée, prise de nausées.

C'est alors que j'ai compris.

J'ai appelé Matt sur mon portable – il a été surpris de m'entendre si peu de temps après son départ.

— Tu te sens bien ? Ça va ?

— Je crois, ai-je répondu. Tout a l'air d'aller. Si tu peux, j'aimerais que tu reviennes tout de suite. En route, pourrais-tu t'arrêter au drugstore, pour acheter un test de grossesse ? Je veux en être absolument sûre, mais je crois que je suis enceinte.

ଔ

Nicolas,

Tu grandissais en moi.

Que te dire ? Le bonheur nous a envahis, comme il a envahi toutes les pièces du cottage. Une vraie marée haute par une nuit de pleine lune.

Après le mariage, Matt s'était installé chez moi, en disant que mieux valait qu'il loue sa propre maison : j'avais mes patients, l'hôpital était tout proche. C'était très attentionné de sa part, comme d'habitude. Il a l'air d'un gros dur mais il est effroyablement tendre. Il n'y a vraiment personne de mieux que ton père.

L'océan m'aurait manqué, comme le petit jardin et les volets qui claquent toute la nuit quand le vent souffle.

Nous avons décidé que le salon deviendrait ton domaine, en pensant que tu adorerais la manière dont la lumière du matin filtre à travers les volets pour combler le moindre interstice. Nous avons donc entrepris de le convertir en chambre d'enfant idéale, en rassemblant des choses que tu aimerais.

Nous avons collé du papier peint dont les motifs sont tirés des *Contes de ma mère l'Oye*. Il y avait tes ours, tes premiers livres, des couvertures piquées aux couleurs vives accrochées au-dessus de ton berceau – celui de ton père quand il était bébé. Ta grand-mère l'avait conservé durant toutes ces années. *Rien que pour toi, fripouille.*

Nous avons envahi les étagères d'innombrables animaux en peluche et de tous les modèles de balles connus.

Papa a sculpté un cheval à bascule, et lui a peint une crinière écarlate et or. Il a aussi fabriqué toutes sortes de mobiles avec des galaxies, des étoiles, des lunes. Et une boîte à musique à placer juste au-dessus de toi.

Chaque fois qu'on tire sur le cordon, elle joue un petit air. Et chaque fois que je l'entends, je pense à toi.

Nous sommes très impatients de te rencontrer.

CB

Nicolas,

Matt remet ça ! Quand je suis revenue du travail, il y avait sur la table de la cuisine un cadeau. Du papier doré semé de cœurs, maintenu par un ruban bleu, en dissimulait le contenu. Je ne pourrais pas aimer ton père plus que je ne l'aime déjà.

J'ai secoué le paquet, et un petit mot est tombé de sous le ruban :

« Suzanne, je travaille tard ce soir, mais comme d'habitude je pense toujours à toi. Ouvre le cadeau et détends-toi. Je serai de retour vers 10 heures. Matt. »

Je me suis demandé où il pouvait bien être pour rentrer si tard, puis je n'y ai plus pensé. J'ai ouvert le paquet et soulevé un minuscule couvercle.

À l'intérieur, il y avait un collier d'allure ancienne, absolument magnifique. Un saphir en forme de cœur attaché à une chaîne d'argent. Le tout devait avoir bien plus d'un siècle.

J'ai appuyé sur le fermoir, et le cœur s'est ouvert en révélant un message gravé à l'intérieur :

Nicolas, Suzanne et Matt – unis pour toujours.

 C3

Nico,

Je me souviens d'un livre appelé *Les Ponts de Madison County*, qui avait connu voilà quelques années un succès énorme – sans doute parce que la vie des gens est de plus en plus dépourvue de romance et d'émotion. Mais l'ouvrage laissait aussi entendre que le bonheur ne peut durer longtemps – deux jours pour Robert et Francesca, les deux héros… De même que Roméo et Juliette, c'étaient des amants condamnés, dont l'amour prend fin tragiquement.

Nico, je t'en supplie, n'en crois rien. L'amour entre deux êtres peut durer très longtemps s'ils s'aiment, s'ils sont prêts à donner de l'amour à quelqu'un d'autre.

Et j'étais prête, comme Matt.

Ton père commence à me faire honte. Il est si bon pour moi, il me rend si heureuse. Comme aujourd'hui – une fois de plus !

Ce matin-là, quand je suis descendue en pyjama, l'air encore endormie, la maison était pleine d'amis. J'avais oublié que c'était le jour de mon anniversaire. Trente-six ans.

Matt s'en souvenait, bien entendu. Il m'avait préparé un petit déjeuner pour me surprendre. Et j'ai été surprise, incroyablement.

J'ai ri et j'ai noué les bras autour de mon pyjama froissé :

— Matt, je vais te tuer !

Me tendant un verre de jus d'orange, il a eu un grand sourire et fait un geste à l'intention de tous les gens entassés dans la cuisine :

— Vous êtes tous témoins ! Vous avez entendu ma femme ! Elle a l'air douce et gentille, à la voir comme ça, mais en fait c'est une dangereuse homicide ! Bon anniversaire, Suzanne.

Jane m'a tendu un cadeau et a tenu à ce que je l'ouvre sur-le-champ. À l'intérieur, un superbe peignoir de soie bleue, que j'ai enfilé pour dissimuler mon pyjama. Un présent parfait ! J'ai serré Jane dans mes bras.

— Le café est prêt ! a hurlé Matt. Tout le monde s'est dirigé vers la table, chargée d'œufs, de charcuterie, de petits pains, de *babica* préparée par Jane, et de beaucoup de café chaud.

Après que chacun a eu son content – et il y avait aussi un gâteau d'anniversaire ! –, tous sont partis et nous ont laissés seuls. Matt et moi nous sommes effondrés sur le grand sofa du séjour.

— Encore un petit anniversaire, Suzanne ?

— Tu sais à quel point les gens ont horreur de ça ! Ils pensent : *Les autres vont commencer à trouver que je me fais vieux !* Je pense très exactement le contraire. Chaque jour de l'existence est un cadeau extraordinaire. Rien que le fait d'être là, et surtout avec toi. Merci pour ce cadeau. Je t'aime.

Il a su aussitôt ce qu'il fallait faire. D'abord, il s'est penché et m'a donné un merveilleux baiser. Puis il m'a portée jusqu'à notre chambre à l'étage, où nous avons passé le reste de la matinée et, je dois bien l'avouer, de l'après-midi.

଼

Cher Nico,

Je suis encore un peu secouée en écrivant ce qui s'est passé il y a quelques semaines.

Vers 11 heures du matin, on nous a amené de toute urgence un ouvrier du bâtiment, que Matt connaissait. Il était tombé d'une échelle, à près de six mètres de haut, et souffrait d'un traumatisme crânien. À Boston, j'avais eu plus que ma part de ce genre d'accidents. Je l'ai conduit aux urgences, en lançant des ordres et des directives.

L'homme s'appelait John McDowell. Trente ans, marié, quatre enfants. Les premiers examens ont révélé un hématome épidermique. Il fallait immédiatement réduire la pression sanguine dans le cerveau. J'ai pensé : voilà un homme jeune, je ne veux pas qu'il meure.

J'ai travaillé aussi dur que du temps de Boston.

Il a fallu près de trois heures pour que son état se stabilise. Nous avons bien failli le perdre : son cœur s'est un moment arrêté. Finalement, j'ai su qu'il était hors de danger, et j'ai eu envie de l'embrasser, rien que pour être resté en vie.

Sa femme est arrivée, avec leurs enfants. Elle mourait de peur et ne pouvait s'empêcher de fondre en larmes chaque fois qu'elle voulait dire quelque chose.

Elle s'appelait Meg. On aurait dit qu'elle portait le monde entier sur ses épaules – et ce jour-là, ce devait être vrai.

Je lui ai donné un sédatif et suis restée avec elle jusqu'à ce qu'elle reprenne un peu son calme. Les enfants aussi étaient apeurés.

J'ai pris une fillette de deux ans sur mes genoux et lui ai caressé les cheveux :

— Papa ira très bien, ai-je dit.

La mère a levé les yeux. En fait, mes paroles étaient plus destinées à elle qu'à ses rejetons.

— Il est tombé, comme cela t'arrive aussi. On lui a donné des médicaments et fait des pansements. Il va bien aller. Je suis son médecin, je te le promets.

Tous ont eu l'air de s'accrocher à ce que je disais.

— Merci, docteur, a chuchoté la mère. Nous aimons tant John. C'est quelqu'un de si bien.

— Je le sais, il suffit de voir à quel point tout le monde est inquiet. Tous ses collègues de travail sont venus. Nous allons le garder quelques jours. Quand il sortira, je vous dirai exactement ce que vous aurez à faire à la maison. Je reste avec les enfants, allez donc le voir.

La petite fille est descendue de mes genoux, Mme McDowell m'a tendu son fils que j'ai pris dans mes bras. Il était tout menu et ne devait avoir que deux ou trois mois. Sa mère ne devait pas avoir plus de vingt-cinq ans.

— Dr Bedford, vous êtes sûre ? Vous avez le temps ?

— J'ai tout le temps qu'il faut pour vous, pour John et pour les enfants.

Je suis restée là, avec le bébé, sans pouvoir m'empêcher de penser à celui que j'attendais. Et aussi à la mort, que nous affrontons chaque jour de notre existence.

Je savais déjà que j'étais un bon médecin. Mais ce n'est qu'à ce moment que j'ai su que je serais une bonne mère.

Non, Nico : une *excellente* mère.

೮

— Mais qu'est-ce que c'est que ça ? ai-je dit. Matt ? Chéri ? Parler m'était difficile :

— Matt… il se passe quelque chose. Je souffre. Aïe ! Et ce n'est pas rien !

Nous dînions à la Black Dog Tavern. J'ai laissé tomber ma fourchette par terre. *Ce n'est pas possible, pas déjà.* La naissance n'était prévue que dans plusieurs semaines. Impossible que j'aie des contractions.

Matt s'est dressé d'un bond. Jetant de l'argent sur la table, il m'a fait sortir du restaurant.

Une partie de moi-même savait ce qui se passait – ou du moins le croyait. Les femmes enceintes ont parfois de fausses contractions, même lors du premier trimestre – mais on ne peut les confondre avec celles qui annoncent l'accouchement.

Toutefois, la douleur semblait se situer ailleurs, en dessous de mon poumon gauche. On aurait dit des coups de couteau qui me coupaient littéralement le souffle.

Montant dans la Jeep, nous nous sommes dirigés tout droit vers l'hôpital.

— Je suis sûre que ce n'est rien, ai-je dit. C'est simplement Nico qui nous fait une petite démonstration, histoire de montrer qu'il est là.

— Sans doute, a répondu Matt sans cesser de fixer la route devant lui.

J'avais droit à un suivi hebdomadaire, ma grossesse étant considérée comme à risque. Tout s'était extrêmement bien passé jusqu'à maintenant. Si j'avais eu des problèmes, je l'aurais su. J'étais toujours aux aguets du moindre petit pépin. Le fait que je sois médecin, évidemment, m'y préparait.

J'avais tort. J'avais des ennuis – de ceux qu'on n'a pas envie de connaître avant qu'ils vous arrivent.

C'est le jour où nous avons failli mourir tous les deux.

ↄ

Nicolas,

Nous avions le meilleur médecin de l'île, et même de Nouvelle-Angleterre, le Dr Constance Cotter, qui est arrivé à l'hôpital dix minutes après nous.

Je me sentais beaucoup mieux, mais Constance a tenu à s'occuper de moi deux heures durant. Je voyais qu'elle était tendue, cela se discernait à ses mâchoires serrées. Elle s'inquiétait pour mon cœur. Était-il assez solide? Et elle s'inquiétait pour toi, Nico.

Elle m'a ôté toute illusion :

— Tout ça est potentiellement très dangereux. Suzanne, ta tension est si élevée que je suis tentée de provoquer l'accouchement dès maintenant. Je sais que ce n'est pas l'heure, mais tu m'inquiètes. En tout cas, je vais te garder ici ce soir, pour autant de nuits que cela me paraîtra nécessaire. Et je ne te demanderai pas ton avis!

Je l'ai regardée d'un air de dire : tu plaisantes! J'étais médecin, je vivais tout près de l'hôpital, je serais venue immédiatement si nécessaire.

— N'y songe pas! a-t-elle lancé, lisant dans mes pensées. Tu restes ici! Installe-toi et je viendrai te voir avant de partir. C'est un ordre!

Il était étrange de devenir pensionnaire de l'hôpital où je travaillais. Une heure ou deux plus tard, Matt et moi étions

107

dans ma chambre, à attendre le retour de Constance. Je lui parlais de ce que je savais, en particulier de quelque chose qu'on appelle pré-éclampsie.

— Qu'est-ce que c'est exactement ? a-t-il demandé. Il voulait qu'on lui explique tout en termes simples, et posait toujours les bonnes questions. Il s'est agité dans son fauteuil quand je lui ai dit de quoi il s'agissait.

— C'est toi qui as voulu savoir ! ai-je dit.

Constance est enfin arrivée et a pris ma tension.

— Suzanne, elle est encore montée. Si elle ne baisse pas dans les heures qui viennent, il va falloir provoquer les contractions.

Jamais je n'avais vu Matt aussi nerveux.

— Suzanne, a-t-il dit, je reste avec toi cette nuit.

— Allons, allons ! Pourquoi faire ! Somnoler dans un fauteuil en me regardant dormir ? C'est absurde !

Constance m'a regardée et, de ce ton froid qu'elle n'emploie qu'avec ses patients, m'a dit :

— Je trouve que c'est une très bonne idée, Suzanne.

Elle a repris ma tension encore une fois avant de s'en aller. J'ai cherché à lire sur son visage, en quête de signes inquiétants. Elle m'a contemplée d'un air un peu bizarre, que je n'ai pu déchiffrer.

— Suzanne, a-t-elle dit, j'ai du mal à discerner le rythme cardiaque du bébé. Il va falloir qu'il sorte séance tenante.

☙

Cher Nicolas,

Toute ma vie j'avais voulu avoir un enfant. Par accouchement naturel, comme ma mère et ma grand-mère, et Constance savait à quel point cela avait de l'importance pour moi. Elle m'avait entendue en parler dans son cabinet, et même au cours d'un déjeuner.

Elle s'est penchée vers moi, l'air triste et peinée, et a pris ma main dans les siennes :

— Suzanne, a-t-elle chuchoté, j'aurais voulu que ce bébé vienne au monde comme tu l'aurais désiré. Mais tu sais qu'il est hors de question que toi ou lui couriez un risque. Il va falloir procéder à une césarienne.

Les larmes me sont montées aux yeux, mais j'ai hoché la tête :

— Je sais, Constance. Je te fais confiance.

Après cela, tout est allé très vite, peut-être un peu trop. Constance m'a placée sous perfusion – du sulfate de magnésium – et aussitôt je me suis sentie encore plus mal : j'ai été prise d'une migraine atroce.

Un autre médecin a dit à Matt que c'était une urgence et qu'il devait partir. Dieu merci, Constance est revenue à temps pour y mettre le holà. Elle m'a ensuite expliqué ce qui se passait.

Mon foie était gonflé, le décompte des plaquettes sanguines très alarmant, et ma tension avait encore grimpé.

Pire encore, Nico, tes battements de cœur semblaient faiblir.

— Tout ira bien, Suzanne, a dit Constance, mais sa voix semblait me parvenir de très loin, comme un écho venu d'une montagne. Au-dessus de ma tête, les lumières tournoyaient à toute allure.

— Et Nico ? ai-je chuchoté, les lèvres sèches.

J'ai attendu qu'elle réponde :

— Il ira bien, lui aussi.

Mais elle ne l'a pas dit et, une fois de plus, je me suis mise à pleurer.

On m'a transportée dans la salle d'opération, où tout était prêt pour mettre le bébé au monde, mais aussi pour effectuer d'importantes transfusions sanguines au cas où j'aurais un problème. Je savais qu'en cas d'hémorragie interne, je mourrais.

J'ai aperçu, à côté de l'anesthésiste, le Dr Leon, mon cardiologue. *Qu'est-ce qu'il fait ici ? Oh non, non. Je vous en supplie...* On m'a fixé un masque à oxygène sur le visage et j'ai tenté en vain de résister.

Constance a élevé la voix :

— Suzanne, fais ce qu'on te dit.

J'avais l'impression d'être en feu, sans me rendre compte que c'était le sulfate de magnésium. Je ne savais pas que mes reins cessaient de fonctionner, que ma tension montait toujours, qu'on me faisait des injections de stéroïdes pour stimuler la fonction respiratoire du bébé – et augmenter ses chances de survie.

Les minutes suivantes se sont écoulées dans une sorte de brume. Constance avait l'air inquiète et évitait de croiser mon regard.

J'ai entendu qu'on lançait des ordres, il y a eu des bips sonores de machine, tandis que Matt répétait des choses apaisantes. J'ai entendu un grand bruit de succion quand on a aspiré du sang et le liquide amniotique.

J'étais comme engourdie, prise de vertige, et surtout j'avais le sentiment extrêmement bizarre de ne pas être là, de n'être nulle part.

Je croyais être entrée dans un autre monde, et ce qui m'en a tirée, c'est un cri. Lointain, mais fort. Tu annonçais ton arrivée comme un guerrier.

Je me suis mise à pleurer ; Matt et Constance m'ont suivie. Tu étais si petit, à peine trois kilos ! Mais si fort, si vif ! Surtout vu les circonstances.

Tu nous a regardés, papa et moi. Jamais je ne l'oublierai. *C'était la première fois que je voyais ton visage.*

J'ai eu le droit de te tenir dans mes bras avant qu'on ne t'emmène. J'ai regardé tes yeux si beaux, que tu maintenais ouverts à grand-peine, et pour la première fois j'ai pu chuchoter : je t'aime !

Nicolas le Guerrier !

KATIE

Une fois de plus, Katie fut ce soir-là envahie par la peur et l'incompréhension. Tout en lisant quelques pages supplémentaires du journal, elle s'astreignit à manger des pâtes et à boire du thé. Sans grand résultat.

Tout allait trop vite dans sa tête, comme d'ailleurs dans son corps.

Un petit garçon était né, Nicolas le Guerrier.

Un autre enfant grandissait en elle.

Il fallait réfléchir à tout cela, se montrer logique. Quelles étaient les possibilités ? Que se passait-il vraiment ?

Matt avait-il trompé Suzanne tout du long ?

Je n'étais pas la première ?

Il avait quitté Suzanne et Nicolas pour une raison que le journal révélerait ? Ils avaient divorcé ?

Suzanne l'avait quitté pour quelqu'un d'autre ?

Son cœur avait lâché et elle était morte ?

Elle était très malade ?

Où donc était Suzanne, désormais ? Peut-être faudrait-il l'appeler sur l'île, discuter avec elle. Katie ne savait pas trop si c'était une bonne idée, ou la pire bourde qu'elle puisse commettre.

Elle tenta d'y réfléchir. Qu'avait-elle à perdre ? Un peu d'orgueil, rien de plus. Mais Suzanne ? Si jamais elle ne se doutait de rien ? Était-ce possible ? Bien sûr que oui. Après tout, c'est bien ce qui était arrivé à Katie. Tout semblait, tout était, possible. Alors ? Quelle était la vérité ?

Tout cela était vraiment insupportable. L'homme qu'elle aimait, à qui elle avait fait confiance, qu'elle croyait connaître, l'avait quittée. Après tout, cela arrivait tout le temps, de nos jours.

Elle se souvint d'un événement qui lui donna à réfléchir. Une fois, elle s'était réveillée en l'entendant sangloter à côté d'elle. Elle l'avait tenu dans ses bras en lui caressant la joue. Il avait fini par dire : – Je vais essayer de laisser le passé derrière moi, Katie, je te le promets.

Tout cela était absurde !

Katie se frappa le genou du poing. Son cœur battait trop vite.

Elle s'arracha du sofa, se précipita vers la salle de bains et vomit les pâtes qu'elle venait juste d'avaler.

℘

Peu après, elle se rendit dans la cuisine pour s'y préparer du thé et, en compagnie de Guenièvre, resta là à contempler fixement les quatre murs. Elle avait installé tous les placards elle-même et se flattait de ne jamais avoir besoin de personne pour réparer quoi que ce soit. *Alors, répare ton cœur*, se dit-elle. *Répare-le !*

Elle tendit la main vers le téléphone.

Guenièvre ouvrit un œil endormi alors que Katie composait nerveusement un numéro.

— Maman, c'est moi, dit-elle d'une voix beaucoup plus faible qu'elle n'aurait voulu.

— Je sais, Katie. Qu'est-ce qui se passe, chérie ? Tu devrais venir quelques jours ! Cela nous ferait grand bien à tous.

C'était dur, si dur.

— Tu pourrais demander à papa de venir écouter ?

— Je suis là, Katie, dit-il aussitôt. Je suis dans le bureau, j'ai décroché quand ça a sonné. Comment vas-tu ?

Elle eut un grand soupir et finit par dire :

— Je suis enceinte.

Tous trois éclatèrent en sanglots au même moment – ils étaient comme ça. Mais ses parents la réconfortèrent aussitôt :

— Katie, tout est bien, nous t'aimons, nous comprenons, nous sommes avec toi.

Ils étaient comme ça.

LE JOURNAL

Nicolas,

Tu as commencé très tôt à faire tes nuits. Pas chaque fois, mais presque, et ce dès l'âge de deux semaines, ce dont les autres mères ont été jalouses !

Quand tu traverses tes phases de croissance, tu te réveilles affamé. Et quel mangeur tu es ! Tu avales absolument tout – que tu sois nourri au sein ou au biberon, tu ne fais jamais le difficile.

Lors de ta première visite chez la pédiatre, elle est restée incrédule en constatant que tu regardais les jouets placés devant toi.

— Il est extraordinaire, Suzanne !

Elle a ajouté que tu étais déjà très vif, parce que tu levais la tête quand elle te mettait sur le ventre.

C'est une grande réussite pour un bébé de deux semaines ! Nicolas le Guerrier !

Tu as été baptisé par une très belle journée. Tu portais ma robe de baptême – héritage, brodé à la main, d'une de mes tantes. Au cours des cinquante dernières années, elle a aussi été portée par mes cousins, mes cousines et autres membres de la famille, mais elle est toujours en parfait état. Tu avais l'air très doux – un vrai charmeur !

Mgr Dwyer, en tout cas, est tombé sous le charme. Pendant le service, tu n'as cessé de vouloir agripper son missel ou de prendre sa main. Tu le regardais droit dans les yeux, d'un air attentif.

Il a fini par te dire, une fois la cérémonie terminée :

— Je ne sais pas ce que tu seras une fois grand, Nicolas. Mais il est vrai que tu es *déjà* grand !

ↅ

J'ai repris le travail aujourd'hui. Naturellement, tu me manques déjà. Et même, disons-le, je suis perdue sans toi.

J'ai écrit quelques petites phrases en pensant à toi – entre deux patients.

> *Sous et piécettes*
> *Je t'aime tant*
> *Je t'aime en vers*
> *Je t'aime en rires*
> *Et pour toujours*
> *Et je t'aime un million*
> *de millions de millions de fois*

Je suis sûr que je pourrais écrire des dizaines de choses de ce genre si je voulais. Cela me vient quand tu souris, ou même quand tu dors. Que dire ? Tu m'inspires.

Matt aime ce que j'écris et, de sa part, c'est un grand compliment. Entendons-nous bien, c'est lui le poète de la famille. Mais j'aime écrire ces petites choses pour toi.

Mon Dieu, en voilà un autre !

> *Tu es mon petit Nico chéri,*
> *Je t'aime et tu m'aimes aussi,*
> *J'aime tes orteils, tes genoux, ton nez,*
> *partout où déposer un baiser,*
> *Je t'embrasse sans fin, et tu sais quoi ?*
> *Je t'embrasse encore une fois !*

Il va falloir que j'y aille, petit homme : j'ai une patiente qui attend. Si elle savait ce que je fais, cachée derrière la porte de

122

mon bureau, la pauvre femme partirait en courant jusqu'à Edgartown !

J'avais pensé reprendre le travail tout doucement, pour me réhabituer à la routine. Mais depuis que je suis arrivée ce matin, je n'ai fait que regarder tes photos et écrire des poèmes idiots.

Quiconque me regarderait de près dirait que je suis amoureuse.

Et c'est vrai.

Nico, c'est encore moi

ভ

Je t'ai entendu pleurer cette nuit et je suis allée voir ce qui se passait. Tu m'a regardée avec des petits yeux si tristes ! Ils sont si bleus, toujours expressifs.

J'ai pensé qu'il fallait te changer – mais non. Je me suis demandé si tu n'avais pas faim – non plus.

Alors je t'ai pris dans mes bras et me suis assise dans le rocking-chair, à côté de ton berceau.

Nous nous sommes balancés, balancés, sur un rythme deux fois plus rapide que celui des vagues.

Tes yeux se sont fermés peu à peu, tes larmes ont cédé la place aux rêves. Je t'ai remis dans ton berceau et j'ai vu se dresser ton petit derrière en forme de cœur. Je t'ai placé sur le dos, j'ai vu ton petit ventre monter et descendre.

Je crois qu'en fait tu n'avais besoin que d'un peu de compagnie. Peut-être désirais-tu simplement être bercé, entendre qu'on te parle ?

Je suis là, chéri. Je suis bien là et nulle part ailleurs. Je serai toujours là.

— Suzie, qu'est-ce que tu fais ? a chuchoté Matt, que je n'avais pas entendu entrer.

Ton père peut être aussi silencieux qu'un chat.

— Nicolas n'arrivait pas à dormir.

Il a regardé le berceau et a vu ta petite main glissée dans ta bouche.

— Qu'il est beau ! a-t-il dit à voix basse. Il est superbe !

Je t'ai regardé aussi. Il n'y avait rien en toi qui ne fasse battre mon cœur.

Matt m'a prise par la taille :

— Mme Harrison, voulez-vous danser ? Il ne m'avait pas appelée ainsi depuis le jour de notre mariage ; j'en ai été toute chose.

— Je crois qu'ils jouent notre chanson.

Et au son des petites notes aiguës qui venaient de ta boîte à musique, nous avons dansé dans ta chambre. Au milieu des animaux en peluche, des *Contes de ma mère l'Oye*, de ton cheval à bascule, des étoiles et des lunes de ton mobile. Nous avons dansé lentement, tendrement, dans la faible lumière de ton minuscule cocon.

Quand la musique s'est arrêtée, Matt m'a embrassée et m'a dit :

— Merci, Suzanne. Merci pour cette nuit, pour cette danse, et surtout pour ce petit garçon. Mon univers est là tout entier dans cette chambre.

Et puis, bizarrement, il s'est produit quelque chose de magique : au moment où ta boîte à musique aurait dû s'arrêter, elle a joué un nouveau refrain.

ᔆ

Nico,

Pendant que j'étais au travail, Mélanie Bone est venue te garder pour la journée. Ses filles étaient dans le Maine chez

124

sa mère, ta grand-mère va donc pouvoir se reposer un peu. C'est étrange de te quitter pour si longtemps, et je ne peux m'empêcher de penser à ce que tu peux faire en ce moment.

Et en ce moment…

Et en ce moment…

La dernière fois que je me suis sentie aussi lasse, je travaillais comme une folle à Boston. C'est peut-être parce que, de nouveau, je jongle avec de nombreuses balles. Avoir à la fois un métier et un bébé est bien plus difficile que je ne l'aurais cru. Jamais je n'ai autant admiré les mères, qu'elles travaillent, qu'elles restent à la maison ou qu'elles élèvent leur enfant seules.

Aujourd'hui, il s'est passé à l'hôpital quelque chose qui m'a fait penser à ta naissance.

On nous a amené une New-Yorkaise de quarante et un ans qui était là en vacances. Elle en était à son septième mois de grossesse, et ça ne se présentait pas bien. Puis la salle des urgences a explosé. Elle a eu une hémorragie, c'était horrible. La pauvre a perdu son bébé, j'ai tenté de la consoler.

Tu te demandes sans doute pourquoi je te raconte cette triste histoire. Crois bien que j'ai réfléchi à deux fois avant de t'en faire part.

Mais tout cela m'a fait comprendre, plus que jamais, à quel point nous sommes vulnérables, à quel point vivre c'est parfois marcher sur un fil. Un pas de travers et on tombe. À voir cette pauvre femme aujourd'hui, je me suis dit que nous avions beaucoup de chance, et j'en ai eu le souffle coupé.

Oh, Nico, parfois je souhaite pouvoir te cacher comme si tu étais une pierre précieuse. Mais à quoi bon une vie qu'on ne peut vivre ? Je sais cela aussi bien que quiconque.

Je me souviens de ce que disait ma grand-mère : Un aujourd'hui vaut deux demains.

Cher petit frimeur,

Tu as commencé à tenir ton biberon, personne ne peut y croire. À deux mois, voilà qu'il peut se nourrir lui-même. Chacune de tes nouvelles expériences est comme un don pour ton père et moi.

Je suis parfois tellement sentimentale ! Je ne pense plus qu'à des berceaux, des petites chaussures… Il fallait donc que je me décide à t'emmener chez le photographe, comme toute mère se doit de le faire, au moins une fois.

Aujourd'hui fera parfaitement l'affaire. Papa est à New York, où quelqu'un a l'air d'aimer ses poèmes. Il n'en parle guère, mais c'est une sacrée nouvelle. Nous sommes donc tous deux à la maison, et j'ai un plan.

Je t'ai habillé d'une salopette bleu délavé (parce que ça fait cool), de petites bottines (comme celles de papa) et d'une casquette de base-ball (avec la visière un peu baissée). Mais il a fallu l'enlever ; ça t'énervait, peut-être pensais-tu que j'allais t'attacher des bois de cerf.

Voici toute l'histoire, au cas où tu ne t'en souviendrais pas.

Quand nous sommes arrivés au studio du photographe, tu m'as regardée comme pour dire : *Tu as vraiment fait une erreur grotesque.*

Peut-être bien.

Le photographe avait la cinquantaine, et pas du tout l'air porté sur les enfants. Il n'était pas brusque, non, simplement dépassé par les événements. Les natures mortes sont peut-être sa véritable spécialité, car il a tenté de te distraire avec toutes sortes de fruits et de légumes.

Une chose est certaine, nous avons désormais un ensemble de clichés absolument unique. Tu as d'abord un regard surpris, qui cède vite la place à une attitude agacée. Après quoi, tu entres dans ta phase revêche, qui elle-même est vite supplantée par la fureur. Vient enfin l'effondrement complet.

Petite consolation : tu ne pourras rien répéter à ton père. Il me lancerait à n'en plus finir des : *Je te l'avais bien dit*.

Pardonne-moi tout cela. Je jure que jamais je ne montrerai ces photos à tes petites amies, à tes copains de fac ou à ta grand-mère – elles seraient dans toutes les boutiques de l'île avant la tombée de la nuit.

છ

Nicolas,

Il faisait un peu frais dehors, mais je t'ai habillé et nous avons emporté un panier à pique-nique jusqu'à la plage pour fêter le trente-septième anniversaire de papa – *qu'il est vieux !*

Nous avons fait des châteaux de sable, tracé ton nom en grosses lettres jusqu'à ce que la marée l'efface.

Alors nous avons recommencé, plus haut pour que les vagues ne puissent venir jusque-là.

C'était un plaisir tellement merveilleux de vous voir jouer ensemble, ton père et toi. Vous vous ressemblez vraiment beaucoup. Tes façons, tes gestes sont ceux de Matt, et vice versa. Parfois, quand je te regarde, j'imagine papa enfant. Vous êtes tous les deux pleins de joie, d'élégance, athlétiques et très beaux.

Tu es donc là, sur ta couverture, après avoir combattu des monstres de sable et des oursins, et voilà que ton père, fouillant dans sa poche, en sort une lettre qu'il me tend.

— L'éditeur de New York n'a pas voulu de mon recueil, mais il y a un prix de consolation.

Il avait envoyé un poème à l'*Atlantic Monthly*, qui l'a accepté. Je n'étais au courant de rien – il ne voulait pas que je sache au cas où ils l'auraient refusé. Mais il a bel et bien reçu la lettre, et le jour de son anniversaire !

Il a aussi sorti une autre feuille de papier. C'était le poème qu'il gardait sur lui en permanence.

Les larmes me sont montées aux yeux quand j'ai vu le titre : *Nicolas et Suzanne*.

Matt a ajouté qu'il avait noté tout ce que je te dis ou te chante et que, par conséquent, il n'était pas l'unique auteur de ce poème : il y entendait ma voix, nous l'avions créé ensemble.

Il en a lu une partie à voix haute, par-dessus le bruit des vagues et le cri des mouettes :

Nicolas et Suzanne

Qui fait bouger les mains des arbres ?
Qui attire les navires venus de pays lointains,
Transforme la poussière en or,
Et qui a tant et tant d'amour ?
Qui chasse la pluie du ciel ?
Chante à la pluie une berceuse,
Exauce tous les souhaits,
Entend les chants d'un coquillage ?

Qui a le don de savoir faire ?
Qui rend joie et magie
À toutes les choses de la vie ?
J'en remercie mon fils et ma femme.

Que peut-on imaginer de mieux ?
Absolument rien.
Papa a ajouté que c'était le plus bel anniversaire de sa vie.

Nicolas,

Il s'est passé quelque chose d'inattendu, et je crains que ça ne soit pas très bon.

Le temps était venu de tes premiers vaccins. L'idée m'horrifiait. Ton pédiatre était en congé, j'ai donc décidé d'appeler un ami médecin à Boston. De toute façon, une petite visite à la grande ville t'intéresserait.

Pendant que nous serions là-bas, je passerais moi-même des examens. Ce serait par ailleurs l'occasion de revoir des amis, peut-être de faire un peu de lèche-vitrines et surtout, bien entendu, de te montrer à tout le monde, ma petite souris !

Nous avons pris le bac et, dès 9 heures du matin, empruntions l'autoroute. C'était notre première aventure hors de l'île : le voyage de Nicolas à la grande ville !

Tu passais en premier. Le service de pédiatrie n'avait pas changé. Des crayons et des blocs partout, une pendule en forme de chat qui bougeait la queue et les yeux, et que tu ne cessais de regarder.

D'autres bébés pleuraient ou s'agitaient, mais tu restais très tranquille, à examiner ce qui t'entourait.

La réceptionniste a fini par dire : Nicolas Harrison !

C'était si drôle d'entendre ton nom, articulé de manière si solennelle par une parfaite inconnue. J'ai bien cru que tu allais répondre : Présent !

C'était agréable de revoir mon vieux copain Dan Anderson. Il a été sidéré de voir à quel point tu étais déjà grand. Il voyait beaucoup de moi en toi, ce qui bien sûr m'a beaucoup plu. Histoire d'être juste, cependant, je lui ai montré des photos de ton père.

Tout en t'examinant, Dan m'a dit :

— Tu as l'air tellement heureuse, Suzanne !

— Je le suis, Dan. Jamais je ne l'ai été davantage. C'est magnifique.

— Quitter la ville t'a fait beaucoup de bien. Et tu as là un fils qui sera un grand joueur de football !

— C'est le plus beau petit garçon de toute la planète. Je parie qu'on ne t'a jamais dit ça ?

— Tu ne me l'as jamais dit, en tout cas, a-t-il souri. C'est merveilleux de te revoir, Suzanne. En tout cas, ton fils est vraiment fait pour poser sur les affiches.

Je le savais déjà, bien sûr.

ೞ

Ensuite, ça a été mon tour.

J'étais assise sur la table d'examen, déjà rhabillée, en attendant le retour de mon médecin, le Dr Phil Berman. C'est lui qui m'avait suivie à Boston, et il était resté en contact avec mon cardiologue sur l'île. Ils se complétaient parfaitement.

Les examens avaient duré un peu plus longtemps que prévu. Dehors, une des infirmières s'occupait de toi, mais j'aurais voulu te serrer dans mes bras et, surtout, repartir aussi vite que possible. C'est alors que Phil est revenu et m'a demandé de le suivre dans son bureau.

Nous étions de vieux amis, aussi avons-nous échangé des futilités pendant quelques instants. Puis il est passé aux choses sérieuses :

— Les tests ne me paraissent pas très bons, Suzanne. J'ai noté quelques irrégularités dans ton électrocardiogramme. J'ai donc pris la liberté d'appeler le Dr Gail Davis, vu que Gail était ta cardiologue quand tu t'es retrouvée ici comme patiente. Elle a aussi ton dossier de l'île. Elle s'est débrouillée pour pouvoir te voir aujourd'hui.

J'en ai été stupéfaite. Il devait y avoir une erreur : je me sentais parfaitement bien, jamais je n'avais été aussi en forme de ma vie.

— Phil, une minute ! Ce n'est pas possible ! Tu es sûr de toi ?

— Je connais tes antécédents, et je préfère que Gail Davis jette un coup d'œil. Tu es là, Martha's Vineyard est un peu loin. Fais-le, ça ne prendra pas longtemps. Nous nous occuperons de Nicolas jusqu'à ce que tu en aies terminé, ce sera un plaisir.

Puis il a ajouté, en changeant très légèrement de ton :

— Suzanne, nous nous connaissons depuis longtemps, toi et moi. Je veux simplement que tu fasses attention, quoi que ce puisse être. Il se pourrait qu'en fait ce ne soit rien du tout, mais je préfère avoir un second avis. C'est d'ailleurs le conseil que tu dois donner à tes propres patients.

Marcher dans les couloirs menant au bureau de Gail Davis m'a donné une impression de déjà-vu. Je ne veux pas que ça se reproduise. *Pas maintenant. Mon Dieu, je vous en prie, ma vie est si belle.*

Je suis entrée dans la salle d'attente comme dans un brouillard épais, sans pouvoir réfléchir ou voir quoi que ce soit.

J'entendais dans ma tête un mantra bruyant qui ne cessait de répéter : *Dites-moi que ce n'est pas vrai.*

Une infirmière s'est dirigée vers moi. Je la connaissais, je l'avais vue à l'hôpital après ma crise cardiaque.

— Suzanne, venez avec moi.

Je l'ai suivie comme une prisonnière qu'on va exécuter. *Dites-moi que ce n'est pas vrai.*

೦೩

Cela a duré près de deux heures et je crois qu'on m'a fait passer tous les tests cardiologiques connus. Je m'inquiétais pour toi, tout en sachant que tu étais en de bonnes mains dans le service de Phil.

Tout était terminé quand Gail est entrée. Elle avait l'air grave, mais c'est une allure qu'elle a toujours, même dans les soirées mondaines où je l'avais croisée. C'est du moins ce que j'ai tenté de me dire, mais ça n'a pas servi à grand-chose.

— Suzanne, laisse-moi te rassurer, tu n'as pas eu de nouvelle crise cardiaque. Mais je détecte certaines faiblesses, et je soupçonne que c'est l'effet de ton infarctus. Ou alors de la grossesse. Ton cœur a donc un peu de mal à pomper le sang. C'est un avertissement, et heureusement que ces problèmes se sont manifestés.

— Je ne trouve pas ça si heureux.

— Certaines personnes ne sont jamais mises en garde, elles n'ont donc pas l'occasion de faire réparer ce qui va se rompre. De retour dans l'île, il te faudra passer d'autres tests, puis nous pourrons discuter des options qui se présentent. Il se pourrait que nous ayons à recourir à la chirurgie.

J'avais du mal à respirer – et il était hors de question de sangloter devant Gail :

— C'est vraiment bizarre. Tout va bien, et un jour, paf ! on prend un coup qu'on n'avait pas vu venir.

Gail n'a rien répondu et s'est contentée de me poser la main sur l'épaule.

∞

Nico,

Comme le disait une petite Italienne, Michele Lentini, qui était ma meilleure amie à Cornwall : *Oh, marrone…*

Ou comme le disaient les Blues Brothers : *Ils ne peuvent pas nous rattraper, nous sommes en mission pour Dieu !*

Je t'ai regardé dans le rétroviseur : tes petits pieds s'agitaient, tes petites mains se tendaient vers moi. Le monde filait tout autour de nous, j'ai eu l'impression, non de rentrer à la maison, mais de tomber.

Je t'ai parlé, Nicolas, vraiment parlé.

— Ma vie est tellement liée à toi. Il est impossible qu'il puisse m'arriver quelque chose maintenant. Mais c'est peut-être le faux sentiment de sécurité que donne l'amour.

J'y ai pensé un instant. Tomber amoureuse de Matt, l'être toujours autant, m'avait bel et bien donné ce sentiment.

Comment pourrions-nous être atteints par quoi que ce soit ? Comment pourrait-il arriver quelque chose ?

Et tu m'as donné la même impression, Nico.

Qu'est-ce qui pourrait nous séparer ? Comment pourrais-je ne pas te voir grandir ? Ce serait trop cruel.

Les larmes que j'avais retenues dans le bureau de Gail ont fini par couler, mais je les ai essuyées d'un revers de main. Je n'ai plus pensé qu'au chemin du retour, à conduire lentement et prudemment, comme je le fais toujours.

Je t'ai parlé en te regardant dans le rétroviseur intérieur, que j'ai fixé de manière à voir directement ton siège :

— On va faire un plan, d'accord ? Chaque fois que je te ferai sourire, cela voudra dire que nous aurons une année de plus ensemble, une année entière. C'est de la magie, tu vois ? Tu as déjà souri une douzaine de fois, cela fait donc douze ans de plus. À ce rythme, j'aurai bientôt cent trente-six ans !

J'ai ri tant cela était délirant.

Et d'un seul coup, tu as eu le plus grand sourire que je t'aie jamais vu. Tu m'as fait éclater de rire. Puis j'ai chuchoté :

— Nicolas, Suzanne et Matt – unis pour toujours.

C'est là ma prière.

CS

Nicolas,

Quatre semaines, longues et tendues, se sont écoulées depuis que j'ai appris à Boston la pénible nouvelle. Matt t'a emmené faire un tour dans la Jeep, je suis dans la cuisine, le soleil tombe par la fenêtre comme des serpentins de papier jaune lors d'un défilé. C'est superbe.

Tous les avis des médecins concordent. Ce dont je suis atteinte est guérissable. Pour le moment, pas question de chirurgie, et une transplantation cardiaque est exclue. Tout sera traité par radiations.

J'ai été bien prévenue, toutefois : *La vie ne dure pas éternellement. Savourez-en chaque moment.*

Le matin survient, amenant avec lui l'odeur de sel et d'herbe des marais.

J'ai les yeux fermés, la brise venue de l'océan agite le carillon éolien près de la fenêtre.

— N'est-ce pas merveilleux ? dis-je à voix haute. D'être assise là, à regarder dehors par cette belle journée. De vivre sur Martha's Vineyard, si près de l'océan que je pourrais y jeter une pierre. D'être médecin et d'adorer mon travail. D'avoir trouvé Matthew Harrison, si improbable que ce soit, et que nous soyons follement amoureux. D'avoir un petit garçon qui a les yeux bleus les plus beaux du monde, le sourire le plus merveilleux, le meilleur tempérament qui soit, et une odeur que j'adore.

— N'est-ce pas merveilleux, Nico ? N'est-ce pas vraiment merveilleux ?

C'est ce que je pense, en tout cas.

Telle est mon autre prière.

ぼ

Nicolas,

Tu grandis sous nos yeux, et c'est vraiment superbe à voir.
J'en savoure chaque moment. J'espère que tous les autres
parents ont le temps de faire de même.

Tu adores partir en bicyclette avec maman. Tu as un siège
qui te maintient bien en sécurité à l'arrière, et un casque. J'at-
tache à ton siège, avec un ruban, un biberon rempli d'eau, je
le fixe – et nous voilà partis.

Tu adores chanter, regarder les gens, les paysages de l'île.
C'est amusant pour maman aussi.

Tu as beaucoup de boucles très blondes. Je sais que si je
les coupe, elles ne reviendront plus. Tu seras un petit garçon,
alors, et plus un bébé.

J'adore te regarder grandir, même si je n'aime guère voir
le temps filer si vite. C'est difficile à expliquer, je ne sais pas
trop. Il y a quelque chose de si précieux dans le spectacle
quotidien d'un enfant qui grandit…

Je voudrais pouvoir conserver chaque instant, chaque
sourire, chaque baiser. Je suppose que c'est lié au besoin
d'être nécessaire, au besoin de donner l'amour.

Je voudrais pouvoir revivre tout cela.

Chaque seconde depuis ta naissance.

Je t'avais bien dit que je serais une excellente mère.

ぼ

Ces derniers temps, chaque jour a été si chargé pour moi.

Chaque matin sans faute, avant que nous nous levions,
Matt se tourne vers moi, m'embrasse et chuchote :

— Aujourd'hui est à nous, Suzanne. Allons voir notre fils.

Mais aujourd'hui a l'air un peu différent. Je ne sais pas trop pourquoi, mais mon intuition me dit que quelque chose se passe. Je ne suis pas sûre que ça me plaise. Du moins, je n'en suis pas encore sûre.

Une fois papa parti travailler, après que je t'ai donné à manger, puis habillé, je ne me sens toujours pas bien.

C'est un sentiment bizarre. Ce n'est pas vraiment mauvais, mais pas non plus très bon. J'ai la tête un peu légère, je suis plus fatiguée que d'habitude.

Si fatiguée, en fait, qu'il faut que je m'étende.

J'avais dû m'endormir après t'avoir remis dans ton berceau car, quand j'ai rouvert les yeux, les cloches de l'église de la ville sonnaient.

Il était déjà midi. La moitié du jour s'était écoulée.

C'est alors que j'ai décidé de savoir ce qui se passait.

Et maintenant, je sais.

の

Nicolas,

Ce soir, après que papa t'a mis au lit, nous sommes allés sous la véranda regarder le soleil se coucher sur l'océan dans un flamboiement de jaune et d'orange. Il caressait doucement mes bras, mes jambes, ce que j'adore plus que tout. Je pourrais le laisser faire pendant des heures, et parfois c'est bien ce qui arrive.

Ces derniers temps, il parle beaucoup de ses poèmes. Son grand rêve est de faire paraître un recueil, et voilà que brusquement les gens s'y intéressent. J'adore l'excitation qu'on lit dans sa voix, et je le laisse dire.

Pour finir, après qu'il m'a fait part de toutes ces nouvelles, je dis :

— Matthew, il s'est produit quelque chose aujourd'hui.

Il s'est redressé sur le sofa ; ses yeux étaient pleins d'inquiétude, son front plissé. Je l'ai apaisé :

— Quelque chose de bien est arrivé aujourd'hui.

Je l'ai senti se détendre, je l'ai vu sur son visage.

— Et quoi donc, Suzanne ? Raconte-moi ta journée.

Le plus agréable, c'est que ton papa veut vraiment entendre tout cela. Il écoute, il pose des questions. Tous les hommes ne font pas comme lui.

— Les mercredis, je ne travaille pas, sauf en cas d'urgence. Il n'y en a pas eu aujourd'hui, heureusement, et je suis restée à la maison avec Nico.

Matt a posé la tête sur mes genoux, et m'a laissé fourrager dans son épaisse chevelure brune. Il aime cela presque autant que j'aime ses caresses.

— C'est bien, a-t-il dit. Peut-être que moi aussi je vais cesser de travailler les mercredis.

— N'est-ce pas merveilleux, ai-je dit, que je puisse les passer avec lui ?

Il a attiré mon visage vers le sien et m'a embrassée. Je ne sais combien de temps cette incroyable lune de miel va durer, mais je n'ai aucune envie qu'elle prenne fin. Matthew est, aussi, le meilleur ami que j'aurais pu souhaiter avoir. N'importe quelle femme serait heureuse qu'il soit à elle. Et si jamais il fallait « une autre maman pour toi », je suis sûre qu'il saurait la choisir avec sagacité.

— Et c'est ce qui s'est passé ? a-t-il demandé. Nicolas et toi avez passé une journée superbe ?

J'ai plongé mes yeux dans les siens :

— Je suis enceinte.

Il a fait ce qu'il fallait : m'embrasser doucement.

— Je t'aime, Suzanne, a-t-il chuchoté. Soyons prudents.

— Oui, ai-je répondu à voix basse. Je serai prudente.

Nicolas,

Je ne sais pas pourquoi, mais la vie est toujours plus compliquée que tous les projets que nous pouvons faire. J'ai rendu visite à mon cardiologue, lui ai appris que j'étais enceinte, ai passé plusieurs tests. Puis, sur ses recommandations, je suis retournée à Boston voir le Dr Davis.

Je n'ai pas mentionné ce check-up à Matt, pensant qu'il s'inquiéterait. J'ai donc travaillé quelques jours, puis je suis partie pour Boston un après-midi. Je m'étais promise de tout dire à Matt dès mon retour.

Ce soir-là, la lumière de la véranda était allumée quand je suis rentrée, vers 19 heures. J'étais en retard, Matt était déjà à la maison, soulageant sa mère de ses activités de baby-sitter.

J'ai senti une délicieuse odeur de cuisine – poulet, pommes de terre – qui embaumait toute la maison. Mon Dieu, il a fait à dîner ! ai-je pensé.

— Où est Nico ? ai-je demandé en entrant dans la cuisine.

— Je l'ai mis au lit, il était épuisé. Une longue journée pour toi, chérie ! Tu es toujours prudente ?

Je l'ai embrassé sur la joue :

— Oui ! En fait, je n'ai vu que deux ou trois patients le matin, puis je suis allée à Boston chez le Dr Davis.

Il s'est arrêté net et m'a regardée fixement, sans dire un mot. Il avait l'air si blessé que je n'ai pu le supporter :

— J'aurais dû te le dire, mais je ne voulais pas t'inquiéter. Je savais que tu aurais tenu à m'accompagner.

Mes efforts pour m'expliquer étaient un peu laborieux. Je n'avais pas eu raison, mais pas tort non plus. Matt a décidé de ne pas s'appesantir :

— Alors ? Qu'est-ce qu'elle t'a raconté ?

J'ai repensé au bureau de Gail, à la table d'examen contre laquelle j'étais assise, perdue dans un tourbillon d'émotions.

— Je lui ai dit pour le bébé.

— C'est bien.

— Et elle en a été… elle était très inquiète. Ça ne lui a pas plu.

Les mots qui devaient suivre se sont bloqués dans ma gorge, m'empêchant presque de respirer. J'ai fondu en larmes et me suis mise à trembler.

— Elle a dit qu'une grossesse était trop risquée pour moi, et que je ne devrais pas garder cet enfant.

Les yeux de Matt se sont remplis de larmes. Il a respiré profondément puis, rompant le silence, a dit :

— Suzanne, je suis d'accord avec elle. Je ne pourrais supporter l'idée de te perdre.

&

Je pleurais, je sanglotais de tout mon corps, je tremblais de tout mon corps.

— Matt, il ne faut pas renoncer à ce bébé !

Je l'ai regardé en espérant quelques mots de réconfort. Mais il est resté beaucoup trop calme et a fini par secouer lentement la tête :

— Je suis désolé, Suzanne.

J'ai eu brusquement besoin d'un peu d'air frais, de m'échapper, d'être seule. J'ai quitté la maison en courant, ai traversé les hautes herbes avant d'arriver sur la plage. Secouée, à bout, épuisée. J'avais dans les oreilles comme un grand rugissement. Ce n'était pas la rumeur de l'océan.

Je me suis allongée sur le sable et j'ai pleuré. Je me sentais très mal, si triste pour le bébé en moi. J'ai pensé à Matt

139

et à toi, qui m'attendiez dans la maison. Me montrais-je égoïste, entêtée, sotte ? J'étais médecin, je connaissais les risques.

Ce bébé était un don aussi précieux qu'inattendu. Je ne pouvais l'abandonner. Serrant les bras autour de moi, j'ai nourri ce sentiment pendant un temps qui m'a semblé des heures. Je lui ai parlé. Puis j'ai regardé la pleine lune, et j'ai su qu'il était temps de rentrer.

Matt m'attendait dans la cuisine. Je l'ai vu dans la douce lumière jaune et j'ai recommencé à pleurer.

C'est alors que j'ai fait quelque chose de bizarre, je ne sais pas trop pourquoi. J'ai frappé à la porte et me suis agenouillée sur la première marche. Peut-être étais-je épuisée à l'issue d'une journée très longue et stressante. Peut-être était-ce quelque chose d'autre, de plus important, que je ne peux toujours pas expliquer.

Peut-être me souvenais-je de l'empereur d'Allemagne Henri IV qui s'était agenouillé dans la neige en espérant que le pape Grégoire s'abstiendrait de l'excommunier et lui pardonnerait.

J'avais beaucoup souffert sur la plage, tout en sachant que je me comportais de manière absurde. Je n'aurais pas dû vous abandonner seuls dans la maison, Matt et toi.

Quand il a ouvert la porte, j'ai dit :

— Pardonne-moi de m'être enfuie comme ça. De m'être enfuie loin de toi. J'aurais dû rester pour discuter de tout ça.

— Tu savais ce que tu faisais, a-t-il murmuré en me caressant les cheveux. Il n'y a rien à te pardonner, Suzanne.

Il m'a soulevée et m'a prise dans ses bras. J'ai été envahie par un grand soulagement. J'ai écouté le battement de son cœur. Je l'ai laissé caresser ma tête du menton. J'ai laissé sa chaleur entrer en moi.

— Je veux tout simplement garder ce bébé, Matt. Est-ce vraiment si terrible ?

— Non, Suzanne, pas du tout. C'est que je ne supporte pas l'idée de te perdre. Si cela arrivait, je ne crois pas que je pourrais y survivre. Je t'aime tant. Je vous aime, Nico et toi.

༒

Oh, Nico,

La vie est parfois impitoyable. Apprends bien cette leçon, mon cher petit garçon. Après deux ou trois heures au cabinet, je venais juste de rentrer à la maison. Je n'avais eu que du travail de routine, rien d'inhabituel, rien de stressant. En fait, je me sentais tout à fait gaie.

Je suis rentrée en voiture pour faire une petite sieste avant de voir un autre patient l'après-midi. Tu étais chez grand-mère pour la journée, Matt travaillait à East Chop. Je m'apprêtais à prendre un bon petit moment de repos avant de me rendre chez mon patient. J'avais rendez-vous en ville le lendemain avec Constance – à propos du bébé.

Je suis tombée sur le lit, me sentant tout d'un coup sujette à des vertiges. Mon cœur s'est mis à battre un peu plus fort. Étrange. J'ai aussi été prise de migraines.

Il allait pleuvoir à seaux, la pression barométrique avait chuté brusquement. J'ai souvent mal à la tête dans ces moments-là.

Je me suis demandé si je devais attendre demain pour mon rendez-vous avec Constance. Mais peut-être me sentirais-je mieux dans une heure, ou quand la pluie cesserait.

J'étais si anxieuse au sujet de ma santé que je me retrouvais en pleine névrose.

Doucement, Suzanne, me suis-je dit. Étends-toi, *ferme les yeux, dis à ton corps de se détendre.*

Tes yeux, ta bouche, ta poitrine, ton ventre, tes bras, tes jambes, tes pieds, tes orteils.

Détends-les, glisse-toi sous la couverture.

Tu n'as besoin que d'une heure de repos, et quand tu te réveilleras, tu te sentiras beaucoup mieux.

Endors-toi, endors-toi, endors-toi...

ෆ

— Suzanne, que se passe-t-il ?

Je me suis retournée sur le lit quand j'ai entendu la voix de Matt. Je ne me sentais pas très bien.

— Suzanne ? Tu peux parler, chérie ?

— Je vois Constance demain, ai-je fini par dire.

C'était bizarre, il m'a fallu toutes mes forces pour prononcer ces quelques mots.

— Tu y vas tout de suite, a-t-il répondu.

Quand nous sommes arrivés dans son cabinet, elle m'a jeté un coup d'œil et a dit :

— Ne te vexe pas, mais tu n'as pas l'air en grande forme, Suzanne.

Elle a pris ma tension, a procédé à des prélèvements de sang et d'urine, puis m'a fait un électrocardiogramme. Pendant tout ce temps, je me sentais dans le brouillard. J'avais l'impression d'être vide, et j'étais très inquiète.

Ensuite, Constance nous a rejoints, Matt et moi. Elle n'avait pas l'air très réjouie :

— Ta tension est encore montée, mais il faudra un jour ou deux avant que j'aie le résultat des analyses. Je vais insister pour que ça aille plus vite. À certains égards les choses vont bien, mais je n'aime pas te voir dans cet état. Je suis même à deux doigts de te faire hospitaliser. Je suis bien d'accord avec le Dr Davis pour ce qui est de l'interruption de grossesse. C'est à toi de prendre la décision, bien sûr, mais tu cours de gros risques.

— Constance, ai-je dit, je fais tout ce qu'il faut, sauf arrêter de voir mes patients. Je suis très prudente !

— Alors, cesse de travailler. Et je ne plaisante pas, Suzanne. Je n'aime pas ce qui t'arrive. Si tu rentres chez toi et fais du repos absolu ta priorité numéro un, alors nous avons une chance. Sinon, je te fais hospitaliser.

Je savais qu'elle parlait sérieusement – comme toujours.

— Je rentre immédiatement, ai-je marmonné. Je ne peux pas renoncer au bébé.

ങ

Cher Nicolas,

Je suis tellement navrée, chéri. Un mois s'est écoulé et tu m'as beaucoup occupée. Je suis fatiguée, et je n'ai pas eu l'occasion d'écrire. Je vais essayer de rattraper le temps perdu.

À onze mois, tes mots préférés sont *maman, papa, waou, regarde, bateau, balle, eau*, et surtout *lumière*. Tu en es fou. Tu dis « numière ».

Ces temps-ci, tu es comme un jouet mécanique qui a été remonté à fond. On dirait que tu ne t'arrêteras jamais.

J'étais sur le point de te répéter le traditionnel « sois sage ! », quand le téléphone a sonné. C'était la secrétaire de Constance, qui me l'a passée.

Il a d'ailleurs fallu un temps fou avant qu'elle ne prenne la communication. Tu es venu, tu as voulu me prendre le téléphone.

— Parle donc au Dr Cotter, ai-je dit.

— Suzanne ?

— Je suis là, Constance. Je me repose à la maison.

— Écoute-moi… nous avons les résultats de tes tout derniers examens sanguins.

Oh, cette horrible pause de médecin, cette recherche du mot juste. Je ne connais tout ça que trop !

— Et… ça ne me plaît pas. Tout ça me paraît très inquiétant. Je veux que tu viennes immédiatement. Je te mettrai sous perfusion. Je te montrerai les résultats des examens. Quand peux-tu venir ?

Les mots ont résonné dans ma tête avec la force d'une tempête, m'enlevant toute force. J'en ai été dévastée. Il a fallu que je m'assoie. J'ai mis la tête entre mes genoux, sans cesser de tenir le téléphone.

— Je ne sais pas, Constance. Je suis avec Nico, Matt travaille.

— Suzanne, il le faut, c'est sérieux. J'appelle ta belle-mère, si tu préfères.

— Non, non, je vais m'en charger. À l'instant.

J'ai raccroché, et tu as tenu ma main, comme un courageux petit soldat. Tu savais quoi faire – tu l'as sans doute appris de ton père.

Je me souviens t'avoir remis dans ton berceau puis d'avoir tiré sur le cordon de ta boîte à musique. Elle s'est mise à jouer ton air, c'était si beau… même vu mon état.

Je me souviens avoir tiré les rideaux et éteint la lumière.

Je me souviens que je descendais pour appeler grand-mère, puis Matt.

Je ne me souviens de rien d'autre.

೫

Matt m'a trouvée gisant au pied de l'escalier, comme une poupée de chiffon. J'avais une profonde coupure au-dessus de l'arête du nez. Étais-je tombée du haut des marches ? Il a appelé sa mère et m'a conduite à l'hôpital sans perdre de temps.

J'ai été aussitôt transférée à l'unité de soins intensifs. Je suis revenue à moi au milieu d'un tourbillon d'activités frénétiques. Matt n'était plus là.

Je l'ai appelé : Constance et lui sont arrivés aussitôt.

— Tu as fait une mauvaise chute, a-t-il dit. Tu es restée évanouie.

— Et le bébé ? Constance, le bébé ?

— La situation n'est pas bonne, Suzanne. Ta tension crève le plafond, comme tes protéines, et…

Elle s'est interrompue assez longtemps pour que je sache qu'il y avait un autre *et*.

— Et ?

— Et tu souffres de toxémie. C'est peut-être pourquoi tu as perdu connaissance.

Je savais ce que cela voulait dire, évidemment. Mon sang nous empoisonnait, le bébé et moi. Jamais je n'aurais cru que cela puisse se produire en début de grossesse, mais Constance ne pouvait pas se tromper.

Je l'entendais par à-coups, et ne pouvais former de mots. J'avais l'impression d'être lobotomisée. J'ai même eu l'impression de sentir les toxines monter en moi, comme si j'étais un barrage sur le point de céder.

Ensuite, j'ai entendu qu'on demandait à Matt de partir, et l'équipe des urgences s'est précipitée dans la pièce. Médecins et infirmières grouillaient autour de moi. J'ai senti un masque à oxygène couvrir mon nez et ma bouche.

J'ai compris ce qui m'arrivait. En termes simples :

Mes reins cessaient de fonctionner.

Ma tension chutait.

Mon foie ne remplissait plus son rôle de protecteur contre les poisons.

Mon corps était pris de convulsions.

Pour les interrompre, on m'a fait une perfusion, mais c'est alors que j'ai eu une hémorragie.

Je savais que tout s'arrêtait. J'en savais bien plus que je ne l'aurais voulu. J'avais peur. J'ai flotté hors de mon corps, puis je suis tombée dans un tunnel obscur, dont les parois se rapprochaient sans arrêt et m'empêchaient de respirer.

J'étais en train de mourir.

ᘒ

Matt est à mon chevet, nuit et jour. Papa ne me laisse jamais seul, et je m'inquiète à son sujet. Jamais je ne l'ai aimé davantage que maintenant. Il est le meilleur époux, le meilleur ami qu'une femme puisse avoir.

Constance vient me voir très souvent, trois ou quatre fois par jour. Je savais déjà qu'elle était excellent médecin – elle se révèle une excellente amie.

Je l'entends, j'entends papa. Mais je ne peux pas leur répondre. Je ne sais pas pourquoi.

D'après ce que je comprends, j'ai perdu le bébé. Si je pouvais pleurer, je sangloterais pendant toute l'éternité, si je pouvais hurler, je le ferais. Mais cela m'est impossible, alors je souffre dans le plus horrible silence qu'on puisse imaginer. La douleur est enfermée à l'intérieur et c'est horrible de ne pouvoir l'exprimer.

Grand-mère Jane vient me voir aussi et reste avec moi de longs moments. Comme les amis que j'ai sur l'île, les médecins de l'hôpital et même de Boston. Mélanie Bone et Bill, son mari, passent chaque jour. Même Matt Wolfe est venu et m'a murmuré des choses gentilles.

J'entends des fragments de ce que les gens disent autour de moi.

— Si c'est possible, j'aimerais amener Nico cet après-midi, dit papa à Constance. Sa mère lui manque, je pense que c'est important qu'il la voie.

Avant d'ajouter :

— Même si c'est pour la dernière fois… Je crois d'ailleurs qu'il faudrait appeler Mgr Dwyer.

Et il t'amène à l'hôpital, Nicolas. Papa et toi restez à mon chevet tout l'après-midi, à me raconter des histoires, à tenir ma main, avant de me dire au revoir.

J'entends la voix de Matt se briser, et je m'inquiète pour lui. Son père est mort voilà longtemps, il n'avait que huit ans, et ne s'en est jamais remis. Il ne veut même pas en parler. Il a si peur de perdre quelqu'un une fois de plus. Et cette fois-ci, c'est moi.

Je m'accroche. Du moins je pense être encore là.

Quelle autre explication y aurait-il ?

Comment pourrais-je entendre ton rire, sinon ? ou t'entendre appeler « Maman ! » dans le trou noir de mon sommeil ?

C'est pourtant bien ce qui se passe.

Ta petite voix si douce plonge dans l'abysse et me retrouve dans cet endroit obscur où je suis prise au piège. C'est comme si papa et toi tentiez de me faire sortir d'un rêve, comme si vos voix étaient des phares pour me guider.

Je lutte pour m'élever, tendant la main vers le son de vos voix, plus haut, plus haut, encore plus haut.

Il faut que je vous revoie encore une fois, papa et toi.

Il faut que je vous parle encore une fois.

Je sens le tunnel se refermer derrière moi, je me dis que peut-être j'ai trouvé le moyen d'en sortir. Tout devient lumineux. Plus de ténèbres pour m'entourer, rien que des rayons de chaleur, et peut-être l'accueillante lumière de l'île.

Étais-je au paradis ? Y suis-je maintenant ? Comment expliquer ce que je ressens ?

C'est alors que l'inattendu arrive.

J'ouvre les yeux.

— Bonjour, Suzanne, chuchote Matt. Dieu merci, tu nous es revenue.

KATIE

Katie ne pouvait lire plus de quelques pages du journal à la fois. Matt l'avait bien prévenue que ce serait parfois pénible, mais elle ne s'était pas doutée à quel point.

Pourtant, aussi incroyable que cela paraisse, il y avait des moments où dans la vie les choses se terminaient bien.

Il existait des couples normaux, comme celui de Lynn et Phil Brown, qui vivaient à Wesport, Connecticut, dans une petite ferme superbe, avec quatre enfants, deux chiens, un lapin – et qui, pour autant qu'on puisse en juger, étaient toujours aussi amoureux l'un de l'autre.

Le lendemain, Katie appela Lynn et lui proposa de garder les enfants pour la soirée. Il lui fallait être entourée de la chaleur d'une famille.

Lynn discerna aussitôt anguille sous roche :

— Katie, qu'est-ce que ça veut dire ? Qu'est-ce qui se passe ?

— Rien du tout ! Vous me manquez. Considère que c'est un cadeau de pré-anniversaire pour Phil et toi. Profitez-en pour sortir. À cheval donné ne regarde pas l'œil ! D'ailleurs je suis déjà à Grand Central Station et j'arrive !

Elle prit le train de Wesport et arriva vers 19 heures chez les Brown.

Les enfants – Ashby, Tory, Kelsey, Roscoe – avaient respectivement huit, cinq, trois et un an. Ils adoraient Katie, qu'ils trouvaient extraordinaire, comme sa longue tresse. Et puis, elle était si grande !

Ce fut une soirée superbe. Les Brown disposaient d'une petite maisonnette que Phil promettait toujours de remettre en état pour y accueillir des invités. C'est là que Katie et les enfants se rendaient à chacune de ses visites.

Ils adoraient lui faire des farces, comme de lui cacher sa valise et ses vêtements, ou s'emparer de sa trousse à maquillage pour se peinturlurer – Roscoe compris. Elle les prit en photo, ils lavèrent la voiture de Lynn, allèrent se promener en vélo, regardèrent un film, mangèrent une pizza « avec tout dessus ».

Quand, vers 11 heures du soir, Lynn et Phil revinrent, ils trouvèrent Katie et les enfants endormis sur des oreillers et des couvertures disposés sur le sol.

En fait, Katie ne faisait que somnoler, et entendit Lynn chuchoter à son mari :

— Elle est vraiment superbe. Elle fera une mère parfaite.

Elle en eut les larmes aux yeux et dut retenir un sanglot pour leur faire croire qu'elle dormait.

Elle passa le samedi chez les Brown et reprit à 6 heures du soir le train qui la ramènerait à New York. Avant de partir, elle apprit sa grossesse à Lynn. Elle se sentait épuisée, mais en même temps ragaillardie – en meilleure forme, en tout cas. Il fallait croire aux petits miracles. Elle avait de l'espoir. Il y a des moments dans la vie où les choses se terminent bien.

Dans le train, Katie fouilla dans son sac et en sortit le journal.

ભ

Elle arriva à Grand Central Station et décida de marcher un peu. Il était près de 19 h 30, les rues de Manhattan étaient engorgées : taxis qui klaxonnaient, voitures de retour de week-end, conducteurs très énervés.

Comme elle, d'ailleurs. Cela lui arrivait de plus en plus souvent en lisant le journal.

Elle n'avait toujours pas la réponse à propos de Matt, Suzanne et Nicolas.

Elle songea à un passage qu'elle avait lu, la leçon des cinq balles : famille, santé, amis, intégrité, travail.

Le travail n'était qu'une balle en caoutchouc.

Suzanne s'en était convaincue, et depuis sa vie était devenue beaucoup plus facile et paisible. Elle s'était arrachée à tout ça : le stress, la pression, les délais, les bousculades, la fureur.

S'immerger dans la réalité de quelqu'un d'autre l'avait conduite à réexaminer tout ce qu'elle avait fait, pour ainsi dire en pilotage automatique, au cours des neuf dernières années. C'est au sortir de l'université de Caroline du Nord qu'elle avait, à vingt-deux ans, décroché son emploi. En effet, elle avait eu la chance, encore étudiante, de travailler deux étés à Algonquin Press, ce qui lui avait ouvert certaines portes à Manhattan. Elle s'était donc installée à New York, pleine de bonnes intentions, et avait adoré son travail ; pourtant, elle ne s'était jamais vraiment sentie à sa place dans une aussi grande ville.

Il lui arrivait parfois de s'y sentir étrangère : une touriste un peu perdue.

Cette fois, Katie se dit qu'elle comprenait peut-être pourquoi. Depuis très longtemps, sa vie était déséquilibrée. Elle passait tant de temps, au travail ou chez elle, à lire ou à éditer des manuscrits… Tâche gratifiante, certes, mais *le travail n'est qu'une balle en caoutchouc, d'accord* ?

Famille, santé, amis, intégrité étaient des balles de verre autrement précieuses.

Comme le bébé qu'elle portait.

❦

Le lendemain matin, vers 11 heures, elle prit un taxi avec deux de ses meilleures amies, Susan Kingsolver et Laurie Raleigh, pour se rendre chez son gynécologue, le Dr Albert K. Sassoon.

Connaissant sa situation, elles avaient tenu à l'accompagner pour lui remonter le moral, et chacune d'elles lui tenait la main.

— Tu te sens bien? demanda Susan, professeur dans un lycée de la ville.

Elles s'étaient rencontrées lors de vacances d'été et ne s'étaient plus quittées depuis. Katie avait été demoiselle d'honneur à son mariage, puis témoin lors de celui de Laurie.

— Ça va. C'est simplement que je n'arrive pas à croire à ce qui est arrivé ces derniers jours. J'ai même du mal à croire que je vais voir mon gynéco.

Descendant du taxi, elle contempla sans les voir les piétons et le décor familier de la rue. Qu'allait-elle dire au Dr Sassoon? Il avait été tout excité d'apprendre qu'elle avait trouvé quelqu'un – mais ça!

Tout se brouillait devant ses yeux, bien que Susan et Laurie se donnent beaucoup de mal pour bavarder gaiement et la garder de bonne humeur.

Comme Katie allait entrer dans le bureau du médecin, Laurie lui chuchota à l'oreille :

— Quoi que tu décides, ça marchera. Tu es quelqu'un de super.

Quoi que tu décides…

Elle ne pouvait croire qu'elle…

Albert Sassoon souriait : il était toujours très aimable avec ses patientes.

Katie plaça les pieds dans les étriers. D'ordinaire, le Dr Sassoon lui demandait de ne pas lui heurter la tête avec ses genoux ; petite plaisanterie rituelle pour la détendre un peu. Mais pas cette fois-ci.

— Alors ? dit-il.

— Alors, j'étais si amoureuse que j'ai cessé de prendre la pilule, et je crois bien que ça y est, dit Katie en riant.

Puis elle fondit en larmes et le médecin, s'avançant, lui prit la tête et la posa sur sa poitrine :

— Allons, Katie, allons, tout va bien.

Entre deux sanglots, elle parvint enfin à dire :

— Je crois que je sais ce que je vais faire... Je crois que... je vais... garder le bébé.

— C'est bien, Katie, dit le médecin en lui tapotant doucement le dos. Vous verrez, il sera superbe !

LE JOURNAL

Nicolas,

Je suis revenue de l'hôpital aujourd'hui, c'est tellement merveilleux d'être ici. Je suis vraiment la femme la plus heureuse au monde.

Les pièces si familières, ta chambre d'enfant parfaite, la lumière du matin qui filtre à travers les volets pour tout illuminer sur son passage… Quel bonheur d'être de nouveau ici ! Et de ne plus être à l'hôpital !

La vie est un miracle, une série de petits miracles. Pour en être convaincu, il te suffit d'apprendre à la voir sous le bon angle.

J'adore plus que jamais notre petit cottage, Nico. Je l'apprécie davantage encore, jusque dans ses plus petits recoins.

Matt nous a préparé à déjeuner. Il est bon cuisinier, aussi adroit avec une louche qu'avec un marteau. Il a improvisé un pique-nique dans le salon, sur une grande couverture à carreaux rouges et blancs. Une salade niçoise, du pain complet, du thé. Fabuleux ! Ensuite, nous sommes restés là paisiblement, il tenait ma main et moi les tiennes.

Nicolas, Suzanne, Matt.

Le bonheur, c'est aussi simple que ça.

ೞ

Nicolas, petite fripouille,

Chaque moment avec toi me remplit d'un bonheur et d'un émerveillement incroyables.

Hier, je t'ai plongé dans l'océan pour la première fois. On était le 1er juillet. Tu as adoré ça.

L'eau était superbe, avec de très petites vagues, juste pour ta taille. Et le sable était encore mieux.

Grands sourires de ta part, et de la mienne, bien entendu.

Quand nous sommes rentrés, il se trouve que je t'ai montré une photo de Bailey Mae Bone, deux ans, une de nos voisines. Tu a souri, puis tu as avancé les lèvres. Tu seras un vrai séducteur avec les filles. Mais sois tendre, comme ton papa.

Tu as déjà bon goût. Tu aimes regarder les jolies choses : les arbres, l'océan, et bien sûr les sources de lumière.

Tu aimes également taper sur les touches de notre piano, c'est si mignon.

Et tu adores nettoyer. Tu te promènes avec un aspirateur miniature, tu essuies tout avec des serviettes en papier. Il faudra que j'en tire parti quand tu seras un peu plus grand.

De toute façon, tu es un tel bonheur.

Je chéris chacun de tes rires, et même chacune de tes larmes.

☙

— Réveille-toi, ma belle. Je t'aime encore plus qu'hier.

Depuis mon retour de l'hôpital, c'est ainsi que Matt vient me tirer du sommeil. Tant pis si je dormais encore, il est si agréable d'entendre cette voix apaisante et ces mots.

Les semaines passaient, et je reprenais des forces. Je faisais de longues marches sur la plage devant la maison. Jamais je n'avais pris autant d'exercice de toute ma vie. J'ai même vu quelques patients.

Quelques semaines supplémentaires se sont écoulées, et je me sentais encore plus forte – j'étais même fière de moi.

Un matin, Matt est arrivé près du lit. Tu étais dans ses bras, et vous aviez tous deux un grand sourire. J'ai aussitôt deviné un complot.

— C'est officiel, le week-end de trois jours de la famille Harrison vient de commencer ! Lève-toi, ma belle. Je t'aime, mais nous sommes déjà en retard pour aujourd'hui !

— Comment ? ai-je dit en regardant par la fenêtre : il faisait encore noir.

Tu as regardé ton père comme s'il était devenu complètement fou.

— Repos ! a dit Matt en te posant sur le lit, à côté de moi. Fais tes valises ! Nous partons en villégiature. Emmène tout ce dont tu auras besoin pour trois jours !

Je me suis appuyée sur un coude en le regardant d'un air bizarre :

— Trois jours ? Où ça ?

— J'ai retenu une suite dans un hôtel d'Edgartown.

Des lits immenses, des petits déjeuners de roi, le thé l'après-midi ! Tu n'auras pas à laver la vaisselle ou à répondre au téléphone, ni même à lever le petit doigt. Ça te plaît ?

Ça paraissait merveilleux. Exactement ce dont j'avais besoin.

⁊

C'est une histoire d'amour, Nicolas. *La mienne, la tienne, celle de papa !* C'est si bon quand on trouve celui ou celle qui nous correspond. On savoure chaque moment passé avec l'autre. Jusqu'à la moindre milliseconde !

Nos trois jours d'aventure ont commencé au Flying Horses, où nous avons monté les chevaux magiques et tournoyé autour des collines de Oak Bluffs, sous le plafond lumineux du manège, comme au bon vieux temps. Quelle excitation !

Nous avons revu les plages des premiers temps de notre rencontre, même les privées – Matt semblait avoir trouvé le moyen d'y accéder. Nous y avons marché main dans la main.

C'était vraiment revigorant de s'y promener avec papa et toi. Je les revois encore maintenant, comme je nous y vois.

À Scrubby Neck Farm, nous avons fait un tour en fiacre, et tu riais sans arrêt en donnant des carottes aux chevaux – si fort que j'ai eu peur que tu ne finisses par vomir. Tu rayonnais sous la crinière de ces magnifiques géants belges.

Et nous avons mangé dans les meilleurs restaurants.

Tu avais l'air si grand garçon dans ta petite chaise, si adulte, à sourire à la lueur des bougies.

Nous avons vu *Rumpelstiltskin* au Tisbury Amphitheater, puis nous avons assisté à une soirée de contes à la Vineyard Playhouse. Tu t'es magnifiquement bien comporté !

Il y avait, pas loin de l'endroit où nous séjournions, une boutique où l'on pouvait décorer soi-même ses soucoupes et ses tasses.

Tu as dessiné sur une assiette, dans des bleus vifs et des jaunes très doux, des taches que nous avons pensé être toi et nous.

Après quoi il a été temps de rentrer.

ꝏ

Nico,

Te souviens-tu de tout ça ?

Quand nous sommes arrivés à la maison, j'ai vu des voitures, des vans, des camions parqués devant chez nous, tout près de l'ancien chemin d'accès. Je dis « ancien », car un autre chemin avait été aménagé, comme ton père l'avait promis à la mort de Gus. Et il y avait encore d'autres changements.

— Qu'est-ce que tout ceci veut dire ? ai-je demandé à Matt, stupéfaite.

— Une petite extension, Suzanne – ou du moins de modestes débuts. Là, ce sera ton cabinet ; il sera mieux équipé que l'ancien. Tu n'auras plus besoin de téléphoner à la maison, car tout sera sur place. Et on y voit l'océan !

Sur la pelouse, des dizaines d'amis de Matt nous ont applaudis quand nous sommes descendus de voiture. Et toi aussi, tu a tapé dans tes mains – mais ce devait être en ton propre honneur.

— Suzanne ! Matt ! chantonnaient-ils tous en chœur.

Je suis restée sans voix, abasourdie, sidérée. Pendant trois jours, les amis de Matt avaient travaillé, du soir au matin, pour nous offrir cet espace incroyable.

— Il y aura encore besoin de quelques travaux d'électricité et de plomberie, a dit Matt, comme pour s'excuser.

— C'est vraiment trop ! ai-je lancé en me serrant contre lui.

— Non, a-t-il chuchoté. Ce ne sera jamais assez, Suzanne. Je suis si heureux que tu sois revenue à la maison.

൧

Nicolas, cher Nicolas,

Tout semble prendre la bonne voie. Le temps passe vraiment à toute allure. Demain, tu auras un an ! C'est quelque chose, non ?

Que dire, sinon que c'est un cadeau du ciel que de te voir grandir jour après jour, avoir ta première dent, faire tes premiers pas, tenter tes premiers mots, prononcer une moitié de phrase, développer ta personnalité.

Ce matin, tu jouais avec les brodequins que papa garde en bas de l'armoire ; et tu les avais aux pieds en sortant ! Tu t'es mis à rire, pensant sans doute que c'était la chose la plus drôle qu'on ait jamais inventée. J'ai ri aussi, papa est arrivé et a fait de même.

Nicolas, Suzanne et Matt, quel trio !

Demain nous fêterons tes douze premiers mois.

Tous tes cadeaux sont prêts. Parmi eux, les photos de notre week-end de trois jours. J'ai choisi les plus réussies pour les faire encadrer. Je ne te dirai pas laquelle je préfère, c'est une surprise. Mais je peux quand même te révéler qu'elle sera dans un cadre en argent, avec des lunes sculptées, des étoiles, des anges. Tout à fait dans ton style.

Il va être temps de chanter : « Bon anniversaire ! »

಼

Nicolas,

Il est tard, et papa et moi sommes en plein gâtisme parental. Il est minuit un peu passé, c'est donc officiellement ton anniversaire ! Félicitations à toi !

Nous n'avons pu résister et sommes entrés furtivement dans ta chambre pour te regarder dormir un moment. Nous nous tenions par la main et t'envoyions des baisers. Tu sais faire ça aussi, n'est-ce pas ? Tu es si vif.

Papa a apporté un de tes cadeaux, une Corvette rouge décapotable, qu'il a placée avec soin au pied de ton berceau. Toi et lui êtes de vrais passionnés d'automobile, vous autres les garçons aimez tellement la vitesse.

Matt et moi nous sommes serrés l'un contre l'autre en te regardant dormir. C'est l'un des plus grands plaisirs au monde !

Puis j'ai eu l'idée de tirer sur le cordon de ta boîte à musique, qui a joué le même air que d'habitude, si simple et si beau, que j'associerai toujours à toi endormi dans ton berceau.

Je crois que nous aurions pu rester là toute la nuit, à te regarder, et à danser sur la mélodie que jouait la boîte à musique.

Tu ne t'es pas réveillé, mais tu as eu un petit sourire.

— N'est-ce pas merveilleux, ai-je dit à Matt. C'est la meilleure chose qui puisse arriver à qui que ce soit !

— C'est vrai, Suzanne. C'est si simple, et pourtant c'est vrai.

Pour finir, papa et moi sommes allés au lit. Matt s'est endormi dans mes bras – les hommes ne font ça que s'ils ont vraiment confiance en vous –, puis je me suis levée pour écrire ces quelques mots.

Je t'aime, chéri. Je te vois demain, et je meurs d'impatience.

MATTHEW

Bonjour, cher petit Nicolas, c'est papa.

T'ai-je dit à quel point je t'aime? À quel point tu m'es précieux? Maintenant j'y suis obligé. Tu es le plus beau petit garçon, le meilleur qu'on puisse jamais espérer. Je t'aime tant.

Il est arrivé quelque chose hier matin, et c'est pourquoi c'est moi qui écris aujourd'hui, au lieu de maman.

Je me sens contraint de le faire. Je ne sais pas pourquoi, sinon qu'il le faut. Il faut que je te parle.

Pères et fils devraient discuter plus souvent. Souvent ils redoutent d'exprimer leurs émotions, mais je ne veux pas que nous soyons comme ça. Je veux toujours pouvoir te dire ce que je ressens.

Comme en ce moment.

Mais c'est si dur, Nico.

Jamais il ne m'a été aussi difficile de parler.

Maman partait chercher ton cadeau d'anniversaire, les photos qu'elle a fait encadrer. Elle était incroyablement heureuse et paraissait plus belle que jamais, bronzée comme elle l'était. Je me souviens l'avoir vue partir – je ne peux m'ôter cette image de l'esprit.

Suzanne souriait. Elle était vêtue d'un corsage blanc, d'un pantalon de toile beige. Sa chevelure blonde toute bouclée oscillait au rythme de ses pas. Elle fredonnait ta chanson, celle de la boîte à musique.

J'aurais dû aller vers elle, l'embrasser, la serrer dans mes bras. Mais j'ai simplement dit : « Je t'aime ! » et elle m'a lancé un baiser.

Je ne peux ôter cette image de mon esprit. Je la vois s'éloigner, en regardant derrière elle, avant de me faire son fameux clin d'œil. Y penser me fait fondre en larmes pendant que j'essaie d'écrire.

Oh, Nico, Nico, Nico… Comment te dire cela ? Comment l'écrire ?

Maman a eu une crise cardiaque en se rendant en ville, mon bébé. Son cœur, qui était si grand, ne pouvait plus tenir.

Je ne peux imaginer ce qui s'est passé ; je ne peux me le mettre dans la tête. On m'a dit qu'elle était déjà inconsciente quand la voiture a défoncé le rail de sécurité du pont de Old Pond Road. La Jeep est tombée à l'eau avant de se coucher sur le flanc. Je ne suis pas allé voir – c'est là une image dont je n'ai pas besoin. Ce que je vois est déjà plus que suffisant.

Le Dr Cotter dit que Suzanne est morte instantanément, mais qui peut vraiment en être sûr ? J'espère qu'elle n'a pas souffert, ce serait trop cruel.

Elle était parfaitement heureuse la dernière fois que je l'ai vue, et si belle, Nicolas. Je voudrais simplement la revoir une dernière fois. Est-ce vraiment beaucoup demander ? Absurde ? Je n'en ai pas l'impression.

Il est important que tu saches que rien n'est de la faute de maman. Elle conduisait toujours prudemment et n'aurait jamais pris le moindre risque. Je la taquinais toujours là-dessus.

Je l'aimais tant. Je ne peux même pas expliquer à quel point c'est une chance de trouver quelqu'un, non seulement à aimer, mais qui, miracle des miracles, vous rend tout votre amour.

C'était la personne la plus généreuse, la plus aimante et la plus sensible que j'ai connue. Ce que j'aimais le plus en elle, c'est peut-être qu'elle savait écouter. Et plaisanter. C'est peut-être ce qu'elle fait en ce moment. *Est-ce que tu souris, Suzanne ?* J'aimerais pouvoir penser que oui.

Aujourd'hui, je suis allé au cimetière d'Abel's Hill afin de lui choisir une place. Elle n'avait que trente-sept ans. Pour moi, pour tous ceux qui l'ont connue, c'est vraiment impensable. Quel gâchis ! J'en suis parfois si furieux que l'envie absurde me prend alors de briser du verre, je ne sais pas pourquoi.

Ce soir, je suis dans ta chambre, dans la demi-obscurité, je regarde ta lampe jeter des ombres heureuses contre les murs. Le cheval à bascule que je t'ai fabriqué me rappelle le manège des Flying Horses. Tu te souviens quand nous y sommes allés ? Nicolas, Suzanne et Matt.

Je te tenais devant moi, tu as adoré caresser la crinière de ton cheval. Je vois maman, un peu devant nous, elle se tourne et nous fait son fameux clin d'œil.

Nico, si seulement je pouvais remonter le temps, revenir à la semaine dernière, au mois passé, à l'année écoulée. Affronter le lendemain m'épouvante.

Si seulement cela avait pu bien se terminer.

Si seulement je pouvais dire encore une fois : *N'est-ce pas merveilleux ?*

გ

Cher, très cher Nico,

Une image me revient sans arrêt. Elle incarne tout ce qu'était Suzanne, tout ce qu'elle avait d'unique et d'exceptionnel.

C'est le soir, elle est agenouillée devant la véranda. Elle veut que je lui pardonne, bien qu'il n'y ait rien à pardonner. Bien au contraire, c'est moi qui devrais être à sa place. Ce jour-là, elle m'a appris de mauvaises nouvelles mais, comme d'habitude, n'a pensé qu'à la peine que cela pourrait me causer. Elle songeait toujours aux autres, mais surtout à nous deux. Elle nous a gâtés, Nicolas.

Cet après-midi, un coup de téléphone inattendu m'a tiré de mes pensées et de mes rêveries.

C'était pour maman.

De toute évidence, c'était quelqu'un qui ne savait pas et, pour la première fois, des mots horribles ont franchi mes lèvres comme autant de poids pesants :

— Suzanne est décédée.

Il y a eu un long silence à l'autre bout du fil, suivi d'excuses, puis de condoléances un peu gênées. C'était l'encadreur du Chilmark Center, à l'autre bout de l'île. Les photos qu'elle avait fait encadrer pour toi sont toujours là-bas.

Je lui ai dit que je passerais. Je crois que j'y arriverai. Je me sens tellement hors de tout, il y a en moi comme un grand vide, on dirait que je vais m'effondrer comme un tas de vieux chiffons. À d'autres moments, je sens dans ma poitrine comme une pierre.

Je ne pleurais guère, mais c'est pourtant ce que je fais en permanence, maintenant. Je me dis que je finirai bien par être à court de larmes, mais elles reviennent toujours. Je pensais que les hommes ne sanglotaient pas : je sais dorénavant que je me trompais.

J'erre sans but d'une pièce à l'autre, en essayant désespérément de trouver un endroit où je pourrai me sentir en paix avec moi-même. Et je me retrouve toujours dans ta chambre, dans le rocking-chair d'où ta mère te parlait, te faisait la lecture ou te récitait ses petits poèmes.

C'est là que je suis en ce moment, à regarder des photos de nous, car cet après-midi j'ai trouvé le courage d'aller à Chilmark.

Nous sommes tous trois assis devant le manège, par un après-midi superbe, le ciel est parfaitement bleu.

Tu es entre nous deux, Nicolas. Maman t'a pris par la taille, et ses jambes croisent les miennes. Tu l'embrasses, je te chatouille, tout le monde éclate de rire, c'est si beau.

Nicolas, Suzanne et Matt – unis pour toujours.

Il est temps de te raconter une histoire, Nicolas. Je ne la confierai qu'à toi, elle doit rester entre nous.

D'homme à homme, mon tout-petit.

C'est la plus triste que j'aie jamais entendue.

Il m'est difficile de respirer, je tremble comme une feuille, j'ai la chair de poule.

Il y a des années, mon père est mort subitement. C'était très inattendu, et nous n'avons pas eu le temps de nous dire adieu. Je n'avais que huit ans, mais cette mort m'a hanté des années durant. Je n'ai cessé depuis de craindre la perte d'un être cher. C'est peut-être pourquoi je ne m'étais pas marié avant de rencontrer Suzanne. J'avais peur, Nico. Ton papa, si grand et si fort, avait terriblement peur de voir disparaître quelqu'un qu'il aimerait. C'est un secret que je n'avais révélé à personne avant de la rencontrer. Et maintenant je te le confie.

Je tire sur le cordon de ta boîte à musique, elle se met à jouer cet air que j'aime tant. Cela me fait pleurer, mais peu m'importe. Je l'adore, je veux l'entendre sans arrêt.

Je me penche sur le berceau et je touche ta joue si douce.

Je passe la main dans ta chevelure blonde, si parfumée. Si seulement j'avais écouté ta mère, je ne l'aurais jamais taillée.

Je caresse doucement ton nez avec le mien. Je recommence, tu as un immense sourire. Pour moi, il vaut l'univers entier. C'est la vérité.

Je place un index sur chacune de tes petites mains et te laisse les serrer très fort. Tu es rudement musclé, mon garçon.

J'écoute ton rire si beau, peu s'en faut que je ne rie aussi.

La boîte à musique joue toujours son petit air, mais tu n'es pas dans ton berceau.

Oh, mon cher petit garçon. Mon cher petit bébé.

Je me souviens de ta mère partant ce matin-là. Je lui ai crié : « Je t'aime ! », et elle m'a lancé un baiser. Puis elle a plissé le nez, comme elle fait toujours, tu vois ce que je veux dire, tu connais son allure. Ensuite, elle m'a adressé son fameux clin d'œil. Et je la revois enfin, je revois Suzanne.

Elle avait les bras occupés, car elle te portait, mon cher petit bébé. Elle voulait que tu sois le premier à voir les photos si superbement encadrées. C'est pourquoi elle t'a emmené en ville le matin de ton anniversaire.

Elle t'a soigneusement installé sur ton siège. Tu étais dans la Jeep avec elle quand la voiture est tombée du pont. Vous étiez ensemble – y penser m'est insupportable.

J'aurais dû être là, Nico, avec maman et toi. J'aurais pu être utile, j'aurais peut-être pu te sauver. Au moins j'aurais pu essayer.

J'ai tant besoin d'entendre ton rire une fois encore.

Je voudrais tant plonger mon regard dans tes yeux si bleus. Caresser ta joue si douce.

Oh, mon cher petit garçon, mon innocent petit chéri, mon bébé. Tu me manques tant. Il m'est horrible de penser que jamais tu ne sauras ce que je ressens, que jamais plus tu n'entendras ton père dire à quel point il t'aime. Tu me manques tant, cher petit. Tu me manqueras toujours.

Mais n'est-ce pas merveilleux de t'avoir connu, de t'avoir aimé, douze mois durant, avant que tu disparaisses ?

N'est-ce pas merveilleux que je t'aie connu, cher petit garçon, cher Nicolas, cher fils ?

KATIE

Katie leva lentement la tête et ferma les yeux aussi fort qu'elle put. Une plainte jaillit de sa gorge, des larmes lui coulèrent sur les joues. Le cœur lui battait à tout rompre.

Merlin était dans l'entrée, à geindre.

— Tout va bien, chuchota-t-elle.

La douleur la transperça, comme si un tisonnier brûlant lui tailladait les poumons. Pourquoi Dieu laisse-t-il arriver de telles choses ?

Elle ouvrit enfin les yeux, sans rien voir à cause de ses larmes. Puis elle aperçut une enveloppe scotchée à la toute dernière page du journal.

On lisait simplement dessus : Katie.

Essuyant ses larmes, elle respira profondément. Ce qui n'eut pas grand effet. Puis elle ouvrit l'enveloppe blanche, en sortit une lettre d'une main tremblante. C'était l'écriture de Matt. Elle se mit à lire, non sans sangloter de nouveau.

Katie, chère Katie,

Maintenant tu sais ce que je n'ai jamais pu te dire. Tu connais tous mes secrets. J'ai voulu t'en parler, dès le jour où nous nous sommes rencontrés. Je souffrais depuis longtemps, et ne pouvais trouver le réconfort. Je t'ai donc dissimulé mon passé. Il y a, gravé sur le bar de la Dock Taverns, à Martha's Vineyard, quelques mots d'un poème évoquant les pêcheurs de l'île :

Les navires tant aimés

Reviennent vides au port ou plongent dans l'abysse,

Les yeux perdent leurs larmes, puis perdent le sommeil.

Je les ai lus un soir, alors que je ne pouvais plus ni pleurer ni dormir, et leur horrible vérité m'a presque anéanti.

Matt

Il fallait qu'elle retrouve Matt.

ೞ

Elle avait toujours été une battante. Il lui avait fallu bien du cran pour venir seule à New York. Elle avait toujours eu le courage de faire ce qu'elle croyait bon.

Le lendemain matin, elle prit le premier avion pour Boston et, à l'aéroport, un taxi qui la mena au bac desservant Martha's Vineyard. Le navire s'appelait l'*Islander*.

Il fallait qu'elle parle à Matt, qu'il sache tout. Il devait apprendre l'existence du bébé.

Au cours du trajet, qui dura trois quarts d'heure, elle songea à Suzanne lors de son arrivée sur l'île, après avoir quitté Boston. Peut-être avait-elle pris l'*Islander* aussi ? Elle se souvint des derniers mots adressés à Nicolas par sa mère : *Je te vois demain, je meurs d'impatience.*

Katie se rendit compte d'un coup qu'elle n'avait pas eu l'idée d'emporter un manuscrit à lire dans l'avion ou sur le bateau. *Le travail est une balle en caoutchouc.* Tant mieux. Elle aurait manqué tant de choses ! Le rythme des vagues contre la coque du navire, le spectacle de l'île se rapprochant de plus en plus, et jusqu'aux nausées qu'elle éprouvait chaque fois qu'une lame venait heurter la quille.

Matt était une balle de verre. Il avait été blessé, marqué, mais peut-être n'était-il pas détruit. Encore que…

Le mystère ne serait pas éclairci tant qu'elle ne l'aurait pas retrouvé.

Katie ne put détacher les yeux du terminal désormais proche. C'était un bâtiment à bardeaux, peint en gris, qui avait l'air centenaire. Il y avait une plage à un bout, et la petite ville d'Oak Bluffs de l'autre.

Elle examina le décor avec le plus grand soin, cherchant Matt.

Mais elle ne le vit nulle part.

⅓

Il y avait plusieurs taxis garés devant le terminal et, bien entendu, Matt n'était pas là non plus à l'attendre. Il ne savait pas qu'elle arrivait – et l'aurait-il su qu'il ne serait peut-être pas venu pour autant.

S'avançant, Katie aperçut la Docks Tavern, et son cœur se mit à battre. C'était un signe, non ? Il le fallait bien. Elle se dirigea vers l'établissement.

Matt y était-il ? Sans doute pas, mais c'est là qu'il avait lu les vers dont il lui avait parlé dans sa lettre.

Il faisait un peu sombre à l'intérieur : une atmosphère enfumée, mais agréable. Un vieux juke-box passait une chanson de Bruce Springsteen. Il y avait une douzaine de personnes au bar, d'autres étaient assises dans des boxes. Presque tous la regardèrent quand elle entra.

— Bonjour ! lança-t-elle en souriant.

Pour autant, elle se sentait incroyablement nerveuse. C'est à 3 heures du matin que Katie avait décidé de venir sur l'île. Il lui fallait revoir Matt. Elle voulait être de nouveau dans ses bras, elle en avait bien besoin, même si cela avait peu de chances de se produire.

Elle examina lentement les visages, qui semblaient tout droit sortis d'un vieux film. Pas de Matt. Dieu merci : cela montrait qu'il n'était pas un habitué.

Elle se mit en quête du poème gravé dans le bar. Il lui fallut un moment : il se trouvait tout à l'extrémité, près d'une cabine téléphonique et d'un jeu de fléchettes. Elle relut les vers :

Les bateaux tant aimés
Reviennent vides au port ou sombrent dans l'abysse,
Les yeux perdent leurs larmes puis perdent le sommeil.

— Je peux vous aider ? Ou bien votre quête est-elle purement littéraire ?

Levant les yeux, elle vit un barman roux et barbu, d'une trentaine d'années, assez beau. Peut-être marin lui-même ?

— Je cherche quelqu'un. Un ami. Je crois qu'il vient parfois ici.

— Ce qui montre qu'il a bon goût. A-t-il un nom, au moins ?

Elle reprit haleine et tenta de contrôler le tremblement dans sa voix :

— Matt Harrison.

L'homme hocha la tête, puis plissa les yeux :

— Il vient dîner de temps à autre. Il repeint des maisons sur l'île. C'est un ami à vous ?

— Il écrit aussi des poèmes.

L'autre haussa les épaules, et lui jeta un regard un peu méfiant :

— Pas que je sache. En tout cas, il n'est pas là aujourd'hui, comme vous pouvez le constater.

Puis il sourit :

— Qu'est-ce que ce sera ? À première vue, je dirais Coca light.

— Non, rien, merci. Pourriez-vous me dire comment aller chez lui ? Je suis une de ses amies, je travaille dans l'édition, j'ai son adresse.

Le barman réfléchit un instant, puis arracha une feuille d'un bloc-notes :

— Vous êtes en voiture ?

— Je vais prendre un taxi.

— Le chauffeur connaîtra l'endroit. Tout le monde connaît Matt Harrison.

ଔ

Katie monta à bord d'une vieille Dodge bleu ciel, passablement rouillée. Elle se sentait très lasse tout d'un coup.

— J'aimerais aller au cimetière d'Abel's Hill. Vous savez où c'est ?

Le chauffeur démarra sans répondre, et elle se dit qu'elle avait dû l'offenser sans le vouloir : sans doute n'ignorait-il rien de l'île.

Abel's Hill était à une bonne vingtaine de minutes : un petit endroit pittoresque, qui paraissait aussi vieux et chargé d'histoire que toutes les demeures qu'ils avaient dépassées en venant.

— Je n'en ai pas pour longtemps, dit-elle au conducteur. Attendez-moi.

— Oui, mais le compteur continue de tourner.

— Pas de problème, répondit Katie en haussant les épaules. J'ai l'habitude, je suis de New York.

Elle s'avança lentement dans les allées, examinant les pierres tombales, surtout les plus récentes. À en croire son chauffeur, John Belushi et la dramaturge Lilian Hellman étaient enterrés là.

Sa poitrine lui faisait mal, sa gorge était serrée, tant elle avait l'impression d'être une intruse.

Elle la trouva enfin. On lisait sur la pierre, en lettres sculptées : *Suzanne Bedford Harrison*.

De nouveau son cœur se mit à battre ; prise de vertiges, elle se pencha et s'agenouilla.

— Il fallait que je vienne, Suzanne, chuchota-t-elle. J'ai l'impression de si bien te connaître, désormais. Je suis Katie Wilkinson.

On lisait : MÉDECIN DE CAMPAGNE, ÉPOUSE AIMÉE DE MATTHEW, MÈRE PARFAITE DE NICOLAS.

Se tournant vers la pierre tombale, plus petite, à côté de celle de Suzanne, Katie lut en retenant son souffle : NICOLAS HARRISON, UN VRAI PETIT GARÇON, FILS AIMÉ DE SUZANNE ET DE MATTHEW.

— Bonjour, Nicolas. Je m'appelle Katie, chuchota-t-elle.

Puis elle se mit à sangloter sans pouvoir s'en empêcher ; tout son corps tremblait comme un saule sous l'orage. Pauvre, pauvre Nicolas. Comment Matt avait-il fait pour survivre à tout cela ?

Elle l'imagina, dans la chambre de leur fils, actionnant sans fin la boîte à musique au-dessus du berceau, cherchant à se souvenir de Nicolas, tentant de le ramener à lui.

Il y avait sur les deux tombes des fleurs fraîches : marguerites, œillets, glaïeuls. Quelqu'un était venu récemment, peut-être le jour même. Matt lui avait offert des roses. Un homme bon, tendre, attentionné. Elle avait vu juste. Ce n'était pas un mauvais choix, simplement la malchance.

Puis Katie remarqua la date gravée sur les deux pierres tombales : *18 juillet 1999.*

Elle frissonna de tout son corps. C'était un 18 juillet qu'elle avait préparé cette soirée pour Matt sur la terrasse de son appartement new-yorkais, le soir où elle lui avait donné un exemplaire de son recueil de poèmes. Pas étonnant qu'il se soit enfui ! Et maintenant, où était-il ?

Il fallait qu'elle le revoie – au moins une fois.

ↂ

Il fallut au vieux taxi une bonne vingtaine de minutes pour aller du cimetière au hangar à bateaux que Katie reconnut aussitôt comme étant la maison de Suzanne.

Elle était peinte en blanc, les portes coulissantes en gris. Il y avait un petit jardin plein de fleurs : hydrangées, azalées, lys. Il était facile de comprendre pourquoi Suzanne avait adoré cet endroit – comme Katie. C'était un vrai foyer.

Elle descendit lentement du taxi, tandis qu'une brise venue de l'océan lui ébouriffait les cheveux, caressait son visage et ses jambes nues. Une fois de plus, son cœur battait à tout rompre.

— Je vous attends ? demanda le chauffeur.

Se mordillant la lèvre supérieure, croisant et décroisant les bras, elle jeta un coup d'œil à sa montre : 15 h 30.

— Non, merci. Vous pouvez y aller : je vais rester là un moment.

Elle le paya ; il s'éloigna aussitôt.

La gorge serrée, elle emprunta le chemin de gravier menant à la demeure. Pas de Matt en vue, pas de voiture – peut-être était-elle à l'arrière ?

Elle frappa à la porte, attendit, s'agita, actionna de nouveau le vieux heurtoir de bois.

Personne ne répondit.

Comme il est bizarre d'être ici.

Rien n'indiquait la moindre présence humaine, mais Katie était bien décidée à attendre le retour de Matt. Elle l'imaginait déjà : un vieux jean, une chemise kaki, des brodequins, un grand sourire…

Mais sourirait-il encore en la trouvant là ? Il fallait qu'elle lui parle, pour se délivrer de certaines choses. C'était à son tour de parler. Elle avait des secrets à partager, comme lui.

Elle attendit donc. Puis s'assit un moment sur la pelouse, en se massant doucement l'estomac et en écoutant les vagues.

Pour finir, elle traversa la route, celle-là même où Gus avait été renversé par un camion.

Elle s'assit sur la plage où Suzanne et Matt avaient dansé au clair de lune. Katie eut l'impression de les voir – puis fut prise d'une envie de danser, elle aussi, avec Matt. Il n'était pas très doué en ce domaine, mais elle adorait être dans ses bras – chose un peu difficile à admettre en ce moment, mais c'était vrai et ce le serait toujours.

Le mystère était, pour l'essentiel, éclairci : Matt ne pouvait oublier Suzanne et Nicolas, s'empêcher de les pleurer, et s'en croyait sans doute incapable. Peut-être ne pouvait-il supporter l'idée de perdre encore quelqu'un.

Katie ne pouvait l'en blâmer – pas depuis qu'elle avait lu le journal et compris ce qu'il avait enduré. Bien au contraire, elle ne l'en aimait que davantage.

Levant la tête, elle aperçut une femme de petite taille, aux cheveux noirs, vêtue d'une robe bleu pâle, qui traversait la route pieds nus pour venir vers elle.

Katie la suivit des yeux et, quand la nouvelle venue fut à sa hauteur, dit :

— Vous êtes Mélanie Bone, n'est-ce pas ?

Mélanie eut un sourire avenant :

— Et vous êtes Katie, l'éditrice de Matt à New York. Il m'a parlé de vous. Il disait que vous étiez très mince et très jolie, avec votre tresse, bien que parfois vous laissiez vos cheveux tomber sur vos épaules.

Katie aurait voulu lui demander ce qu'il avait dit d'autre, mais elle n'osa pas.

— Savez-vous où il se trouve ?

— Pas ici, répondit Mélanie en secouant la tête. Je suis navrée, Katie. Je ne sais pas où il se cache. À dire vrai, nous sommes tous inquiets. J'espérais qu'il serait avec vous à New York.

— Non. Je ne l'ai pas vu non plus.

En fin d'après-midi, Mélanie la raccompagna en voiture jusqu'au bac, avec les filles sur le siège arrière. Elles étaient aussi affables que leur mère, et entre Katie et elles l'affection fut immédiate et réciproque.

Comme elle allait monter à bord de l'*Islander*, Mélanie lui dit :

— Ne renoncez pas. Il en vaut la peine. Jamais je n'ai connu personne ayant subi une telle perte. Mais je crois qu'il s'en sortira. C'est quelqu'un de bien. Et il sait tenir une maison ! De plus, Katie, je sais qu'il vous aime.

Katie hocha la tête et dit au revoir à la famille Bone. Puis elle quitta l'île comme elle était venue : seule.

ↂ

Une autre longue semaine s'écoula. Katie se plongea toujours davantage dans son travail, tout en songeant à rentrer chez elle en Caroline du Nord. Pour de bon. Elle accoucherait là-bas, parmi ceux qu'elle aimait et qui l'aimaient.

Le lundi matin, elle était à peine arrivée au bureau qu'on l'appela. Elle venait juste de se verser du thé dans la tasse en porcelaine qu'elle gardait sur son bureau. Son estomac n'avait pas l'air d'aller trop mal – mais c'était peut-être simplement qu'elle s'habituait.

— Katie ! Viens ici, vite ! Katie !

— Comment ? répondit-elle, un peu agacée. Calme-toi un peu, j'arrive !

Mary Jordan, son assistante, était devant une vitre d'où l'on avait vue sur la 53e Rue.

— Viens donc ! répéta-t-elle avec de grands gestes.

Surprise, Katie vint vers elle, jeta un coup d'œil dans la rue – et aurait renversé son thé si Mary ne s'était pas emparée prestement de la tasse.

Katie longea l'étroit couloir des bureaux de sa maison d'édition et, sortant, se dirigea vers l'ascenseur. Ses jambes la portaient à peine, la tête lui tournait : ne sachant que faire de ses mains, elle balayait les mèches qui lui tombaient sur le visage.

Son patron sortait de l'ascenseur et lui dit :

— Katie, j'aimerais que nous discutions de…

Mais elle l'interrompit d'un geste de la main :

— Je reviens tout de suite, Larry ! lança-t-elle en secouant la tête.

Elle se précipita dans l'ascenseur, qui allait repartir.

Calme-toi, pensa-t-elle.

Je n'ai pas le temps ! Pas le temps !

L'ascenseur la déposa au rez-de-chaussée sans s'être arrêté une seule fois.

Elle resta un instant dans l'entrée pour se reprendre un peu. Ses pensées étaient étonnamment concises ; brusquement, tout lui paraissait si simple et si clair.

Elle pensa à Suzanne, à Nicolas, à Matt.

Elle pensa à la leçon des cinq balles.

Puis elle sortit du bâtiment et respira profondément quand elle sentit la chaleur du soleil sur son visage.

Pourvu que je sois assez forte pour tout ce qui va se passer.

Elle aperçut Matt sur la 53e Rue.

ෆ

Il était agenouillé sur le trottoir, juste devant le bâtiment, à moins de trois mètres de Katie. La tête un peu courbée. Il avait eu le bon sens de ne pas se placer au milieu du flot des piétons. Katie fut incapable de le quitter des yeux.

Au demeurant, tout le monde le regardait en passant. Comment résister ? À New York, la badauderie est tout un art.

Il avait fière allure : mince, bronzé, avec des cheveux un peu plus longs que d'habitude ; un jean, une chemise propre mais un peu froissée, des mocassins poussiéreux. C'était le Matt qu'elle connaissait, qu'elle avait aimé – et qu'elle aimait toujours.

Agenouillé devant l'immeuble où elle travaillait. Juste devant elle.

Tout comme Suzanne s'était agenouillée, un soir, sous leur véranda, pour implorer son pardon, alors qu'il n'y avait rien à pardonner.

Katie sut ce qu'elle devait faire : elle obéit à ses instincts, à son cœur.

Elle s'agenouilla face à lui, très près de lui, aussi près qu'elle put. Son cœur battait avec violence.

Elle avait voulu revoir Matt encore une fois ; il était là. Et maintenant ?

Matt tendit la main. Katie hésita, puis le laissa prendre la sienne.

Cela faisait si longtemps qu'il ne l'avait pas touchée.

Comme cela lui avait manqué.

Comme le sentiment de paix qu'elle éprouvait en sa compagnie.

Bizarrement, elle se sentait beaucoup plus calme. Qu'est-ce que cela voulait dire ? Qu'allait-il se passer ?

Pourquoi était-il là ? Pour s'excuser ? Pour s'expliquer ? Quoi donc ?

Matt finit par lever la tête et par la regarder. Ses yeux bruns si doux lui avaient manqué aussi, comme ses pommettes marquées, son grand front, ses lèvres parfaites…

Et le son de sa voix !

— Katie, j'aime tant regarder dans tes yeux, pour l'honnêteté qu'on y lit. Tu es unique, et cela m'est précieux. J'aime être avec toi, je ne m'en suis jamais lassé depuis que je t'ai connue. Tu es grande éditrice, un bon charpentier, et tu es ravissante, bien qu'un peu grande.

Katie se rendit compte qu'elle souriait. Elle n'y pouvait rien. Ils étaient là tous les deux, à genoux en plein New York ! Qui pourrait comprendre ce qu'ils faisaient là, et pourquoi ? Le savaient-ils eux-mêmes ?

— Je t'ai cherché, Matt, dit-elle. Je suis allée sur l'île.

— C'est ce que Mélanie et les filles m'ont dit. Elles t'ont trouvée ravissante !

— Et quoi d'autre ? demanda Katie.

Il lui fallait en apprendre davantage – tout ce qu'il pourrait lui raconter. Elle était si heureuse de le revoir !

— Quoi d'autre ? Si je suis là, à genoux, c'est pour faire ma reddition, Katie. Je m'y suis décidé, j'y suis enfin prêt. Je suis à toi, si du moins tu veux bien. Je veux être avec toi, avoir des enfants avec toi. Je t'aime et plus jamais je ne te quitterai. Je te le promets, Katie, je te le promets de tout mon cœur.

Et là-dessus, ils s'embrassèrent.

ભ

C'est en octobre, en Caroline du Nord, que Katie Wilkinson et Matt Harrison se marièrent.

Les deux familles s'étaient entendues à merveille dès le début, et n'en firent plus qu'une. Toutes les amies new-yorkaises de Katie étaient là ; elles passèrent quelques jours à la plage et y récoltèrent de redoutables coups de soleil ; ses amies de Caroline avaient eu la sagacité de rester à l'ombre des vérandas ou des grands arbres. Les unes comme les autres tombèrent toutefois d'accord sur les mint juleps.

Katie avait minci, aussi son état ne se devinait-il pas trop ; seuls quelques invités savaient qu'elle était enceinte. Apprenant la nouvelle, Matt l'avait serrée dans ses bras et embrassée, disant qu'il était l'homme le plus heureux du monde.

— Et moi donc ! avait-elle répondu. Nous sommes trois à l'être !

La cérémonie fut simple mais superbe, et se déroula sous des cieux sans nuages, par une température frôlant les trente degrés. Katie ressemblait à un ange. Du début à la fin, ce mariage fut dépourvu de toute prétention : les tables étaient ornées de photos de famille, les demoiselles d'honneur vêtues de robes rose pâle.

Pendant que tous deux prononçaient leurs vœux, Katie ne put s'empêcher de penser : *Famille, santé, amis, intégrité – les précieuses balles de verre.* Elle avait enfin compris.

Et c'est ainsi qu'elle passerait le reste de ses jours, avec Matt et leur bébé.

N'est-ce pas merveilleux ?

Cet ouvrage a été composé
par Atlant' Communication
aux Sables-d'Olonne (Vendée)

Impression réalisée sur Presse Offset par

BRODARD & TAUPIN

GROUPE CPI

La Flèche (Sarthe)
en mai 2006
pour le compte des Éditions Archipoche.

Imprimé en France
N° d'édition : 009 – N° d'impression : 35697
Dépôt légal : juin 2006